JN304284

ラプラスの亡霊

機動戦士ガンダムＵＣ《ユニコーン》⑤

福井晴敏

角川文庫
16365

目次

Sect.4 ラプラスの亡霊

カバーデザイン／樋口真嗣
本文デザイン／中森桃子
三浦絵美子
（角川書店　デジタル制作課）
キャラクターデザイン／安彦良和
メカニックデザイン／カトキハジメ

Sect.4　ラプラスの亡霊

1

紙吹雪が舞っていた。天を覆って舞い散る色取り取りの欠片《かけら》が、人々の歓声と一緒くたになって渦を巻く。それは人工対流の風に吹き上げられ、きらめく光の粉をたゆたわせて、漫然と輝くコロニーの空に駆け昇ってゆくのだった。

右、左。右、左。ほとんど呼吸と化している歩調のかけ声を口中に唱《とな》えながら、スベロア・ジンネマンは目だけ動かして沿道の群衆を視界に入れてみる。小さな手に軍旗を握った幼児、ぴんと背筋をのばして敬礼する在郷軍人らしい老人。人垣から身を乗り出してハンカチを振る女は、整然と行き過ぎる隊列の中に恋人の姿を見出《みいだ》したのだろう。ジンネマンはすかさず左右に目を走らせ、バカな新兵が女に手を振り返したりしていないかチェックする。

見える範囲に、行進を乱す不心得者はいなかった。耳からうなじまでを覆う鉄帽をかぶり、第二種戦闘軍服の肩に重力下仕様のライフルを担う兵士たちは、誰もが緊張でこわ張った顔を正面に据えている。右、左。右、左。一糸乱れぬ歩調を確かめつつ、特訓の成果はあったなとジンネマンは密《ひそ》かに安堵《あんど》する。今次作戦に参加する兵員のうち、徴兵で集められた新兵は半数近くに上る。文字通り右も左もわからぬ彼らに基本動作を教え込み、閲兵に堪える程度に鍛え上げる仕事は、いまも昔もジンネマンたちベテラン下士官のものと決まっていた。真新しい士官用マントをたなびかせる新任の小隊長を含め、どうにか仕上がった自隊の様子に満足したジンネマンは、延々と連なる隊列の向こう、大通りの終点に聳《そび》える巨大な建築物を見上げてみた。

ジオン公国の首府、〈ズム・シティ〉の威容を体現する公王庁舎は、杯《さかずき》に似た構造物の天辺《てっぺん》に三本の尖塔《せんとう》を生やし、全体に複雑な面構成を施された特異な高層建築物で、正面からは髪を逆立てた人面のように見える。ジオニズム文化運動の極み、デギン・ザビ公王がおわす庁舎を、こんな晴れがましい気分で見上げる日が来るとは。ともすれば笑い出してしまいそうな高揚感を押し隠し、ジンネマンは再び目だけ動かして左右の沿道を見遣《みや》った。舞い散る紙吹雪の中、ヨーロッパの街並みを再現した煉瓦《れんが》調の建物が並び立ち、窓から下ろされた垂れ幕に手書きの文字が躍っている。〝打倒、地球連邦政府！〟〝ジオン公国に真の独立を！〟云々《うんぬん》。〝救国の志士たち〟と書かれた垂れ幕には、地球にしがみつく連邦軍人の諷刺画《ふうし》が描かれており、《ザク》らしいモビルスーツのイラストが彼らにマシンガンを突きつけていた。

救国の志士。悪くない響きだ、とジンネマンは思う。学もコネもない半端者が、発足したばかりのジオン国防隊に飛び込んで二十年あまり。そうでもしなければヤクザに身を落としていただろう男には、過分な言葉に違いない。ジオン・ダイクンの死からこっち、公国制への移行、国軍への昇格という激動に身を置きながら、連邦政府による経済制裁に甘んじ続けてきた。独立への望みをかけたコロニー自治権整備法案も踏みにじられ、たび重なる弾圧を被ってもなお続いた雌伏の日々——このまま朽ちることも覚悟していた自分たちに、今日という日がなんとまぶしく感じられることか。

宇宙世紀《UC》００７９《ダブルオーセブンティナイン》、一月三日。ブリティッシュ作戦を白眉《はくび》とする電撃的侵攻によって、ジオン独立戦争の火蓋《ひぶた》は切られた。連邦に与《くみ》するサイド群はことごとく潰滅《かいめつ》し、地球もまた〝コロニー落とし〟によって大打撃を受けた。次は我々の出番だ。国家の命運を一身に背負い、敵地に乗り込む役目が我々に与えられたのだ。実直しか取り柄のない古株の曹長に、これ以上の晴れ舞台がどこにあろう？

『開戦より一ヵ月。将兵諸君らの獅子《しし》奮迅《ふんじん》なる活躍によって、我がジオン公国は地球連邦を圧倒せしめた。しかし連邦を真に屈伏させ、建国の父であるジオン・ダイクンの理想を実現するには、まだ困難な戦いを勝ち抜かねばならないのも事実である』

公王庁舎前の広場に整列した幾万もの兵たちに、ギレン・ザビ総帥が語りかける。ここからでは演壇に立つ当人の姿はおろか、大スクリーンに映るテレビ中継の映像も満足に見えない。朗々としたバリトンに耳を傾けながら、ジンネマンは右手に居並ぶ観衆の人垣に目を凝らし、見送りにきているはずの妻子の姿を探した。

馴染《なじ》みの中隊長の計らいで、士官親族の待遇に与《あず》かっているから、うしろの方ということはあるまい。長年の労苦を支えてきてくれた妻のフィーと、ようやく儲《もう》けた一粒種のマリィ。どこだ——？

『この一ヵ月あまりの戦いで、総人口の半数が死に至ったとする説がある。それをして、我らジオン公国を人類史上未曾有《みぞう》の殺戮《さつりく》者と誹謗《ひぼう》する向きもあるが、そうだろうか？　およそ百年前、地球を極限まで疲れさせた人類は、増えすぎた人口を宇宙に移民させることで生存の道を得た。そのこと自体はよい。人類文明の壮挙であるとする説も傾聴には値しよう。が、悠久の自然体系において、人類のみが強大に増え続けるのは、自然の摂理に対する冒瀆《ぼうとく》ではなかったか？　その自省がなされぬまま、個々人の欲望のままに宇宙に生活圏を押し拡げた結果は、一部の特権階級者による地球の占有である。彼らを保護するためだけに機能する連邦法と、地球から宇宙を管理できると信じた行政府の無為無策である。絶対民主主義の美辞麗句を隠れ蓑《みの》にした官僚主義の横行であり、宇宙から搾取した資源をもって地球を再開発するという、本末転倒以前の愚挙である！

人類は、いまこそ己を見つめ直さねばならぬ。自然体系を構成するひとつの種として、自然に対し、世界に対し、謙虚であらねばならぬ。その観点に立った時、五十億とも言われる人々の死は、人類が自然に対してなさねばならぬ贖罪《しょくざい》であったとは考えられまいか？　そうであるなら、我々に課せられた責任は重大である。多くの犠牲の上に立ち、人類を永続させる新しい管理体系を構築する役割が我々に与えられたからだ』

いた。豆粒大の人垣の中に見知った顔が見つかり、ジンネマンは喉元《のどもと》までこみ上げた声を危うく呑《の》み込んだ。この日のために新調したコートを着て、精一杯めかし込んだフィーが微笑んでいる。

こちらに気づいたのだろうか？　母親の腕に抱かれ、五歳になったばかりのマリィがひらひらと軍旗を振ってくれたようだ。あのふっくらと柔らかい小さな手……！

『今日、ここに集まった将兵諸君は、地球侵攻作戦の栄えある前衛である。ほとんどの者は地球に下りた経験がなく、またその目に地球光を捉《とら》えたことすらあるまい。未知の世界、それも敵地に斬り込む諸君らの心は決して穏やかではないだろう。

しかし忘れないでほしい、ジオン建国の志を。宇宙《そら》に出た人類は革新し得ると言ったジオン・ダイクンの言葉を。月の裏側に位置するここサイド3は、地球からはもっとも遠い。宇宙に放逐された民の中でも、最下層の宇宙人と揶揄《やゆ》されてきたのが我々である。が、それゆえに、我らは次代の地球圏を管理する優良種たり得る。宇宙の深淵《しんえん》を覗《のぞ》き、人類という種を客観視することのできる選ばれた民なのだ』

バリトンの声が張りを増し、〈ズム・シティ〉に密閉された空気を蠕動《ぜんどう》させる。またお得意の優性人類生存説か。余計な理屈はこねずに、国のため、家族のために戦ってこいと言えば済む話なのに。少ししらけた胸中に呟《つぶや》きつつ、ジンネマンは横目で妻子の様子を窺《うかが》い続ける。やはりこちらに気づいてくれている。お父ちゃんのところに行く、とマリィがぐずっているのがわかる。近寄って抱き上げてやれたら、どんなにか――。

『諸君らは侵略者ではない。連邦の軟弱に汚染された大地を解放し、人々を教化するために地球に下りるのである。優良種たる我らが管理してこそ、人類は真のユートピアに近づくことができるのだ。ジーク・ジオン！』

うおお、と歓呼の声がわき起こり、数十万の熱気と雄叫《おたけ》びがコロニー全体を揺らした。ジーク・ジオン、ジーク・ジオン。いつ終わるとも知れない高揚に身を委《ゆだ》ね、拳《こぶし》を振り上げて連呼する一方、ジンネマンはふと不安を覚えて妻子の方を見遣る。振り上げられる無数の拳に遮られて、フィーたちの顔が見えない。ギレンの言葉に搦《から》め取られ、ひたすら陶酔する群衆たちのうねりが、暴力的な波動になって妻と娘を呑み込んでゆく。

みんな、ちょっと落ち着け。子供だっているんだ。それぞれに叫び、不穏に蠢《うごめ》く群衆にひやりとしたものを感じながら、ジンネマンはフィーとマリィの顔だけを探した。舞い散る紙吹雪、どうどうと反響するジーク・ジオンの声。前に出ようとする群衆に押し出され、よろめいたフィーの姿がちらと視界の端に映ると、折り重なる人影がすぐにそのコートの色を覆い隠してしまっていた。

列を離れて駆け寄りたい衝動を堪《こら》え、ジンネマンは首をのばして二人の姿を追った。泣いているマリィが人垣の狭間《はざま》に見え隠れする。手にする軍旗が道端に落ち、誰かの足が踏みしだいて――

緊急コールの音に、眠りの薄皮が破けた。自動的に動いた手が通信パネルのボタンを押し、「なんだ」としわがれた声を出した時には、ジンネマンは寝袋のファスナーを全開にしていた。

(味方機の識別信号を捕捉《ほそく》。例の客人かと思われます)

「すぐ行く」

モニターに映るギルボア・サントの顔は見ず、船内通信を切る。脂の浮いた顔をこすり、寝袋から浮かび上がったジンネマンは、軽く壁を蹴《け》ってドアの方に体を流した。中空に漂う革製のジャンパーをひっつかみ、戸口脇の鏡をちらと覗く。

この十年ですっかり後退した額と、たるんで張りがなくなった頬。あの頃の自分とは別人の、五十過ぎのくたびれた男が不審げに見返してきて、こいつはいったい誰だという思いがふと胸中をよぎった。

人々の歓声は泡と消え、冷えきった船長室で鏡を覗き込む残滓《ざんし》のような肉体がひとつ。夢の余韻が霧散する音を聞きながら、ジンネマンはあれから経った月日を数えてみる。十七年――なんと、まあ。人を老いさせ、世の事象を変転させるには十分すぎる年月ではないか。よくも生きていると思い、ジンネマンは微《かす》かに苦笑した。国も家も亡くし、生き続けるに値するなにものも持たない男が。ジオン再興を宿願としながら、その実なにも信じていないし、それでなにかが取り戻せるとも思っていない。すべてがチャラになった世界を冷めた目で眺め、漫然と漂い続けるだけの男が。

いや——たとえ百年が経とうと、チャラにできないことは残っている。夢で見た妻と娘の顔が胸の亀裂《きれつ》に突き立ち、ジンネマンは苦笑を吹き消した。捕虜収容所で終戦を迎え、ジオン共和国と改名された故国に戻ったあの日。連邦への供物に捧《ささ》げられ、飢えた兵どもの〝公衆便所〟にされた故郷の町を見た時から、自分は終生戦い続けることを宿命づけられた。勝利というゴールが存在しない、ただ己の正気を保つためだけにくり返される戦い。身の内に生じた深い穴、無間地獄に通じる亀裂を埋め合わせるために——その心理自体がすでに狂気であり、なにをもってしても埋め合わせられない亀裂だとわかっているのに。

「ジーク・ジオン、か……」

夢の名残りが、冷えた空気をひと揺れさせて過ぎた。クソでも食らえ。ジンネマンは床を蹴り、殺風景な船長室をあとにした。

Ｌ１の暗礁宙域は十五万キロの彼方《かなた》に過ぎ去り、ブリッジの窓に映る地球光がバスケットボール大に膨らんでいる時だった。使い捨てのブースター・ベッドを離れ、そのモビルスーツは静々と《ガランシェール》に近づき始めた。

名前の通り、ベッド状の本体左右にレーザー・ロケット・エンジンを装備したブースター・ベッドを背に、扁平《へんぺい》に広がった後頭部を持つ巨人が虚空を流れる。RMS-119、《アイザック》。袖飾《そでかざ》りの意匠を施された機体が姿勢制御バーニアを噴かし、ブースター・ベッドから引き受けた慣性を減殺させると、《ガランシェール》との相対速度を合わせてゆく。船体後部のハッチを開き、スライド式の貨物用ハンガーを展張させて三十秒あまり。《アイザック》は無駄のない軌道を描いてハンガーに接触し、支持フレームからのびる拘束具にくわえ込まれた。

ハンガーが収納され、ハッチの閉じた格納デッキに空気が充塡《じゅうてん》される。『AIR』の注意灯が赤から青に切り替わるのを待って、ジンネマンは格納デッキに下りた。三角錐《さんかくすい》のスマートな船体を引き移し、《ガランシェール》の格納デッキは前後――もしくは上下に長いがらんどうになっている。船尾側、すなわち三角錐の底に位置する下層デッキには、背中合わせで繋留《けいりゅう》された《ギラ・ズール》が三機。船首側の上層デッキは《クシャトリヤ》が一機で占有するのが常だったが、いまはその並外れて大きい機体を見ることはできない。代わりに格納された《アイザック》は、優に三機分はあるスペースを持て余し、グレーの機体を所在なげに立たせているように見えた。

「旧式の早期警戒機《EWAC》か」

「〈パラオ〉って拠点がなくなりゃ、数をそろえといても意味のない機体です。くれてやっても惜しくはありませんがね」

同行するフラスト・スコールが、それでも納得はしかねるという声で言う。広大な上層デッキを斜めに横切りつつ、ジンネマンは使い込まれた《アイザック》の機体に目を走らせた。すでに甲板員《デッキ・クルー》や整備兵が取りつき、『リバコーナ貨物』のロゴマークをプリントした宇宙服がデッキ内を飛び回っている。航路証明書やら船荷目録やら、貨物船を偽装する書類データは一式手配済みだが、じきに地球の絶対防衛線に差しかかる以上、データ通信だけで事が済む保証はない。連邦のパトロールに引っかかった際には、彼らが上甲板に並び、臨検に出向いてきたモビルスーツに愛嬌《あいきょう》を振りまく手はずだった。

普段ならそれで八割方やりすごすことができるが、このところの騒ぎで特別警戒態勢を強いられ、ぴりぴりしている連邦の目をごまかすのは容易なことではない。デッキに足を着けたジンネマンは、凝った首に手をやりつつ《アイザック》の巨体を見上げた。こんな時に接触してきた〝客人〟の腹の中身はなにか。思う間もなく、その腹部にあるコクピット・カバーが開き、遠目にも長身とわかるパイロットスーツがハッチから姿を現した。

近づこうとした整備士を押し退《の》け、こちらに向かって下りてくる。ヘルメットのバイザーに隠れて顔は見えなかったが、あの隙のない物腰には覚えがある。注視するジンネマンから視線を逸《そ》らさず、三メートルほどの距離を空けてデッキに降り立った男は、そこに留まったままヘルメットに手をかけた。

「ガエル・チャンだ。しばらく世話になる」

ヘルメットを取り、精悍《せいかん》な禿頭《とくとう》を露《あらわ》にした男が言う。間違いない。〈インダストリアル7〉でカーディアス・ビストと会談した時、彼の横にぴたりと付き従っていたビスト財団の番犬だ。一度は銃を向け合った目と目を見交わし、いまだ燻《くすぶ》る敵意の存在を確かめたジンネマンは、「こちらの自己紹介は不要だな」と慎重に返した。

「ビスト財団当主の懐刀が、なんだってこんなところに？」

客人の名前と素姓を伝えただけで、《レウルーラ》はガエルの訪問の理由を教えてはくれなかった。腰の拳銃《けんじゅう》に手を置くフラストを一瞥《いちべつ》し、鋭い視線をジンネマンに戻したガエルは、「財団は関係ない」と無表情に答えた。

「ついでに言うなら、貴官らとも関係がない。《ネェル・アーガマ》には、個人的にけじめを取らなければならない相手がいる。そこに近づこうと思えば、『袖付き』の力を借りるしかなかった」

微塵《みじん》も揺らがない瞳《ひとみ》は、まるで白目に焼きついた黒い焦げ跡だった。こいつも自分と同類――晴らしようのない情動に取り憑《つ》かれ、人生の選択肢を失った手合いか。硬化した胸が身じろぎするのを知覚しながら、「主君の仇討《あだう》ちというわけか」とジンネマンは言った。ガエルはこちらに据えた目を動かさず、無言を返事にした。

「そのためなら敵の手も借りる……。いまどき流行《はや》らんな」

「なんとでも言え。カーディアス・ビストには、主人というだけでは済まない恩義がある。そうでなければ、誰がこんなジオン臭いモビルスーツに乗るものか」

ガエルの言いようは、公国軍の《ザク》に似た《アイザック》の形状を指してだけのことではないだろう。人類の半数を死に至らしめた悪魔の後裔《こうえい》。おそらくは連邦軍人として一年戦争を生き抜いた男の目に、自分たちはそのように映っている。殺気を漲《みなぎ》らせ、ずいと前に出かけたフラストを手で制したジンネマンは、「馴《な》れ合いはせん、か。結構だ」と口もとを緩めてみせた。

「しかし、この船に乗るからにはおれの指示に従ってもらう。双方の目的を果たすまで、〈インダストリアル7〉での一件は水に流すということでいいな?」

「あれは事故だったと了解している」硬い表情をそよとも動かさず、ガエルは続けた。「けじめを取る相手は他にいる。ここで貴官の首をへし折らなかったのだから、信じてもらいたいな」

周囲の敵意をものともしない立ち姿に、帰る場所を持たない者の陰惨な翳《かげ》りがあった。船に災いをもたらしかねない死神――それもいい。人類史上最大の軍隊とケンカをするのに、死神の一匹ぐらい使いこなせないでどうする。ジンネマンは低く笑った顔を伏せ、「部屋にご案内しろ。話はあとで聞く」と近くのデッキ・クルーに命じた。

床を蹴ったガエルが、デッキ・クルーに付き添われてその場を離れてゆく。「なんなんだ、あの野郎……」と吐き捨てたフラストは、険を湛《たた》えた背中から目を離そうとしない。

「嫌うなよ」とジンネマンは言っておいた。

「アナハイムがらみの紹介とあっては、フロンタルも無下にはできなかったんだろう。ま、なにかの役には立つさ。ビスト財団の裏表を知っている男だからな」

取引の現場に踏み込んできた連邦軍と、その混乱の中で死亡したカーディアス・ビスト。いまにして思えば、あれは『ラプラスの箱』をめぐる財団のお家騒動であったのだろうと想像はつく。『箱』の開放をもって世の閉塞《へいそく》を打ち破ろうとしたカーディアスと、彼を暗殺することでビスト財団の既得権益を守った何者か――。察した顔を引き締めたフラストを背に、ジンネマンは目前に佇立《ちょりつ》する《アイザック》を振り仰いだ。

「《クシャトリヤ》の代わりに置くには貧相な機体だ。姫様ともども、早く取り戻さんとな……」

畢竟《ひっきょう》、自分たちの目的はそれに尽きる。無言で頷《うなず》いたフラストとは目を合わさず、強《こわ》い顎髭《あごひげ》をごしりとこすったジンネマンは、不意に息苦しい思いに駆られて床を蹴《け》った。

もう失うまいと思い、得ることすべてを拒んできた体が、気がつけばなくしたものの大きさに震えている。がらんとした格納デッキに胸の空洞を重ね合わせ、あまりの冷たさに立ち竦《すく》んでいる。救われんな、と内心に自嘲《じちょう》しつつ、ジンネマンはマリーダのいない格納デッキをあとにした。

足もとからわき上がる光は、防眩《ぼうげん》フィルターでも減殺しきれないまばゆさだった。ピンク色がかった白熱光が渦を巻き、全天周《オールビュー》モニターにハレーションを起こさせると、機体を包むプラズマがばちばちと恐ろしい音を爆《は》ぜさせる。

落下速度は予想以上に凄《すさ》まじい。いまにも機体が燃え出し、灼熱《しゃくねつ》の奔流に呑《の》み込まれそうな恐怖に駆られる。コクピットを襲う間断ない振動にさらされながら、ミネバ・ラオ・ザビは白熱するモニターを凝視し、補助席に押しつけられた体をこわ張らせ続けた。白熱しているのはプラズマ化した希薄空気で、機体そのものが炎上中というわけではないのだが、表面温度は摂氏千五百度を超えてさらに上昇しつつある。大気の摩擦熱と、断熱圧縮による空力加熱——大気圏突入がもたらす不可避の熱に焦がされ、《デルタプラス》が燃えている。波乗り《ウエイブライダー》の呼称通り、プラズマの波に乗る空間戦闘機が機体を赤熱させ、膨大に分厚い大気の底に滑り落ちてゆく。

絶対防衛線に侵入するなり、パトロール中の連邦軍艦艇に捕捉《ほそく》されたのが二時間ほど前。戦没認定を受けた〝幽霊〟の出現に、止まれ、止まらぬの押し問答がくり返され、結局は追撃を振り切って先に進むという選択肢が取られた。大気の反発効果を利用して低軌道上を跳ね、南北の縦軸をめぐる極軌道から大気圏へ。迎撃衛星が沈黙したままだったのは、リディの言う〝家〟の力が効果を発揮したからだろうが、南極上空から大気圏に突入した《デルタプラス》にはもはや関わりのない話だった。

青い惑星を包むシャボンのように薄い被膜は、いざ飛び込んでみればどこまでも連なる灼熱の原だ。突入後は機体のアビオニクスに制御を任せ、炎熱地獄が明けるのをただ待つしかない。重力に搦《から》め取られた機体を白熱化させ、《デルタプラス》はマッハ20の突入速度で大気の障壁を突っ切ってゆく。速度と時間、自機の運動の積分から自己位置を割り出す慣性航法装置の性能を信じるなら、現在高度は七十キロ。突入開始から、すでに十分以上が経つ。突入角度を浅めに取り、摩擦抵抗を抑制する安全運転だというが、こんなに時間がかかるものだったか？　白熱光はいつしか赤熱光に転じ、熱圏から中間圏に差しかかった機体がいよいよ灼熱に包まれる中、ミネバは傍らのリニア・シートに収まる男の横顔をちらと見遣《みや》った。

操縦桿《そうじゅうかん》を握りしめ、リディ・マーセナスもこわ張った顔に赤熱光を浴びている。母艦とのデータリンクも地上管制も望めない状況下、単機で大気圏に突入するのは彼も初めてなのだろう。以前、シャトルで大気圏に突入した時は、小さな窓から燃える大気を見ていたとミネバは思い出す。降下中でも受信可能な観測衛星からの映像を通して、自分の乗るシャトルが大気圏を滑る様子を俯瞰《ふかん》することもできた。透明な大気に白い引っかき傷を残し、惑星を三分の一周もする衝撃波の航跡——あれは美しかった。宇宙で生まれ、惑星もコロニーも等質と捉《とら》えていたはずの体が、その瞬間に自然という悠久に取り込まれるのを感じた。この《デルタプラス》も、同様の航跡を引いているのだろうか？　恐怖で凝り固まった首をめぐらせ、ミネバはノーマルスーツのバイザーごしに頭上に目をやった。

耐熱防護された機体下面に摩擦熱を浴びているため、オールビューモニターのうしろ上方は赤熱光に覆われていない。衝撃波で歪《ゆが》む薄い大気の向こう、漆黒から濃紺、群青色に転じつつある虚空がゆらゆらと揺らぎ、鋭かった星の光が瞬きながら急速に薄らいでゆく。宇宙《そら》が、空になる——我知らず口中に呟《つぶや》いた刹那《せつな》、足もとからわき上がる赤熱光が出し抜けに衰え、代わりに右手から差し込む強い光がミネバを照らした。

リディが操縦桿を動かし、フラップの駆動する音が振動音に混ざる。濃密な大気を主翼に受け、一気に減速した機体にうしろ向きの加重《G》がかかる。成層圏に抜けた《デルタプラス》が、マニュアル機動に切り換わったのだ。ぐんと前のめりになりながらも、ミネバはコクピットに差し込む光の源に目を向けた。

太陽の光が、そこにあった。宇宙で見る超高熱の塊ではない、日差しと表現するべきやさしい光。大気層を透過して降り注ぎ、すべての生き物に恩恵を与える温かな光……！

あまりのまぶしさに手をかざし、前方に目を転じる。染みひとつない青空の下、高層雲の白い筋がはるか足もとに浮かんでいるのが見えた。そのさらに下、ぽつぽつと浮かぶ積乱雲ごしに輝く光の原は海だろう。予定ではカリブ海の上空に出るはずだが、ここがそうなのか？　ミネバは無意識にヘルメットのバイザーを開け、陽光を映してきらめく海原を見つめた。

成層圏の高みからは波の動きは見て取れず、海は青く透明なガラス板になって惑星の表面を覆っている。長大な弧を描く水平線がその先に横たわり、空と海、緩やかに入り混じる二つの青が世界の際を浮かび上がらせてもいる。なんという色、なんという広さか。オールビューモニターいっぱいに広がる世界を前に、ミネバは前後の状況を忘れた。持ち上げた腕がひどく重く、全身の血が尻《しり》の方に溜《た》まってゆく感覚があるのに、少しも不快ではない。細胞という細胞が活性化し、人本来の平衡感覚を取り戻そうとしているのがわかる。本物の重力を知覚した肉体が熱を放ち、奥底からわき上がる歓喜に震えているのがわかる。すべてが生まれたところ、そして帰るところ。ここが――。

「ようこそ地球へ」

同じ光景を茶色の瞳《ひとみ》に映し、微《かす》かに笑ったリディが言う。久しぶりに聞いたその声は、熱核ジェット・ロケット・エンジンの唸《うな》りに半ばかき消され、轟《とどろ》く気流の音がコクピットを包み込んだ。なにもかもが濃厚で、騒々しい。真空の静止した時間と違って、ここではすべてのものが賑々《にぎにぎ》しくざわめいている。刻々と移り変わる光、風、音。自分の息づかいさえ聞こえなくする地球の息吹きに身を委《ゆだ》ね、ミネバは彼方《かなた》の水平線に目を凝らした。

機体を取り囲む衝撃波の傘《ショック・コーン》が次第に広がり、青い空に溶けてゆく。マッハ2まで減速した《デルタプラス》は、さらに減速を重ね、摩擦熱を燻《くゆ》らせる機体を対流圏へと降下させていった。宇宙からの闖入者《ちんにゅうしゃ》を気にする素振りもなく、行く手に広がる北米大陸は午前のやわらかな光の中にあった。

※

電話が鳴った。アンティークの軽やかなベルの音は、吹き抜け構造のリビングの天井に跳ね返り、シャンデリアの垂れ飾りを密《ひそ》やかに震わせて、アランベール調の寄せ木張りが施された床に落ちた。

その床の上を、磨き抜かれた革靴が音もなく歩く。慌てず、優雅に、しかし迅速に。常日ごろ使用人たちに厳命している通り、ダグラス・ドワイヨンは滑るようにリビングを横切り、廊下にある電話台の方へと向かう。ベルジェール椅子《いす》の背もたれについた埃《ほこり》を指で払い、モネの風景画を横目にしつつ廊下へ。テラスに面したガラス戸から差し込む午前の日差しを受け、中世紀の拵《こしら》えが重々しい調度類の中を歩く黒服の執事は、それ自体がアンティークの一部と見えなくもない。実際、その勿体《もったい》ぶった仕種《しぐさ》と老齢から、彼はメイドやコックたちからアンティークとのあだ名を頂戴《ちょうだい》しているのだが、ドワイヨン自身はついぞ気にしたこともなかった。

電話は家人の部屋に一台ずつあるが、名刺を頼りにかかってくる電話はドワイヨンが取り次ぐことになっている。相手が誰であれ、この家の顔として軽々しい応対はできない。ボー・タイに手をやり、咳払《せきばら》いをしたドワイヨンは、「はい」と慇懃《いんぎん》かつ取りつく島のない一声を受話器に吹き込んだ。

屋敷に仕えて三十余年、家の格式を生理にした老執事の声音は、しかしこの時は相手を圧倒するには至らなかった。電話の向こうから返ってきた声は、南部アメリカに根ざす名家とは別次元の狂騒の中にあった。

(もしもし、こちら連邦空軍シャイアン防空司令部、当直士官のディクスン・メイヤー中佐です。緊急マニュアルに基づき、関係各所への連絡を実施しております。そちらにローナン・マーセナス議員はおられますか?)

ちょうど柱時計が九時を告げた時だった。ぼーん、ぼーんと鳴る時報の音に電話の声が重なり、ドワイヨンはメモを走らせる手をぴくりと震わせた。

磨き抜かれた革靴が、ばたばたと音を立てて階段を駆け上がる。時報の余韻が消えないうちに踊り場に差しかかり、ぎょっと道を空けたメイドを背に二階に上りきったドワイヨンは、つんのめるようにして奥の執務室へと向かった。

いつものひと呼吸を置く間もなく、木製の扉をノックする。「失礼します！」と言うが早いか、ドワイヨンは返事を待たずにドアを開けた。書斎と続き部屋になっている執務室で、この家の主《あるじ》と向き合っていた第一秘書がなにごとかという顔を振り向ける。

「なんだ、ドワイヨン。そんなに慌てて」

第一秘書は、主の娘婿でもある。普段なら一礼を欠かさないが、いまはそれどころではない。ドワイヨンはポケットから取り出したハンカチで汗を拭《ぬぐ》いつつ、

「旦那《だんな》様、たったいま軍から緊急連絡がございました。リディお坊っちゃまが……」

青天の霹靂《へきれき》と言っていい事態を、ひと言で説明する言葉はなかった。続ける声を詰まらせ、息切れした肩を上下させる老執事を前に、第一秘書がぽかんとした顔で目をしばたたく。執務机の向こう、窓を背にして座るこの家の主は、机に置いた手をこわ張らせてドワイヨンの顔を見返した。

「リディが、どうしたと？」

ローナン・マーセナスが口にしたのは、それだけだった。逆光を背負った茶色の瞳に、もう何年も家に帰っていない主の嫡男――リディ・マーセナスの面差しが自然と重なり、ドワイヨンは今度こそ言葉をなくした。

※

「新しい任務……？」

この上、まだ。喉元《のどもと》までこみ上げた声を呑《の》み下し、アルベルトは目前のモニターに戸惑う顔を向け直した。マーサ・ビスト・カーバインの目がつっと細くなり、（なにか問題が？）と冷たい声を《ネェル・アーガマ》の第二通信室に響かせる。

「いや、問題というわけでは……。しかし、たび重なる戦闘で《ネェル・アーガマ》は疲れきっています。別の部隊にやらせるわけにはいかないのかと――」

（ラプラス・プログラムが開示した情報に従って、指定座標の宙域を調べてもらうだけです。〈ルナツー〉に戻る道すがらなんだから、たいした手間ではないでしょう）

肩についた糸屑《いとくず》を長い指でつまみつつ、マーサはにべもなく言う。その指に口を塞《ふさ》がれたように感じ、アルベルトは押し黙った。

（〈パラオ〉の一件で参謀本部には借りができました。《ユニコーン》を月に移送することはできなくなったのだから、それぐらいのことはしてもらわないと。こちらの技術陣の見解では、パイロットの生体登録を解除するのは難しいそうだし）

回収された《ユニコーン》の機体をあらためた結果、『箱』の位置座標と思《おぼ》しきデータが開示されていたことがわかり、この通信室からマーサに事の次第を伝えたのは昨日のこと。それを受け、《ユニコーン》を利用できるうちに座標宙域を調べよというのがマーサの考えで、調査結果を入手する算段も別途整えているに違いなかった。無論、そこで『箱』が見つかれば、いち早く財団が押さえる方法も考慮済みだろう。

ビスト財団による指定座標は確かに《ユニコーン》の占有が政治的に困難になった以上、その発想自体は肯定できる。〈ルナツー〉に回航する途中にあり、位置的特性からネオ・ジオンの襲撃を受ける可能性も低い。半死半生の《ネェル・アーガマ》でもこなせる任務に違いないが、それは外側から見た場合の話だった。内側にいる身には賛同できることではなく、アルベルトは薄暗い通信室の床に目を落とした。

いくつもの死地を乗り越え、ようやく帰港の途についたクルーたちが、どれほど上陸を心待ちにしているものか。〈パラオ〉での激戦から二日、亡くした者を悼み、生き残った我が身を顧み、沈痛と高揚が交互に訪れる時間を共有してきた。この上さらなる任務を押しつけ、帰港を先延ばしにすることが、彼らにとっていかに残酷な仕打ちとなるか……。

（生死を共にして、情が移ったとでも言いたそうな顔ね）

視線を外した数秒の間に、こちらの心中を読み切ったマーサが言う。心臓をわしづかみにされた思いで、アルベルトはモニターに映るその顔を見上げた。

（あなたらしくもない。疲れたんでしょう。地球に下りたら、しばらく休むといいわ）

「わたしが、地球に……？」

調査を見届けるよう命じられると覚悟していた身には、意外な言葉だった。ルージュを引いた薄い唇をふっと歪《ゆが》め、マーサは（財団の輸送船をチャーターしました）と続けた。

（例の強化人間を連れて、北米のオーガスタへ行ってもらいます）

「オーガスタって、まさか——」

（そう、あのオーガスタです。ニュータイプ研究所は閉鎖されたけど、再調整に必要な設備は残っているとか）

ぞくりと悪寒が走った。極東のムラサメ研と並び、ニュータイプ研究所としては最大の規模を誇っていたオーガスタ研。ニュータイプの究明とは名ばかり、軍と結託して類人兵器の開発に勤《いそ》しみ、戦災孤児を切り刻んでいた人体実験場に、あの『袖付《そでつ》き』の女パイロットを連行する——。

「いったい、なにを考えているんです」

（こう騒動が続いては、マスコミ対策にも限界があります。参謀本部も財団と距離を置きたがっているようだし、カーディアスがメチャクチャにしてくれたUC計画を立て直して、軍に新しい鼻薬を嗅《か》がせておかなければね。この機に『箱』を掠《かす》め取ろうとしている連中を黙らせるためにも）

「UC計画の完成……。二号機ですか」

他の推測はなかった。地球で重力下仕様の実験に回されている、もう一機のRX－0。その完成を急ぎ、軍に対するビスト財団とアナハイム・エレクトロニクスのアドバンテージを高める。UC計画の発注者と、『箱』の収奪を目論《もくろ》む政府内の勢力がイコールで結ばれる実情がある以上、所期の計画達成は彼らに対する牽制《けんせい》にもなる。うまく運べば、『箱』は元の鞘《さや》に収めるという方向で手打ちを持ちかけることもできるだろう。

（宇宙軍の再編を隠れ蓑《みの》にして、ジオンの完全抹消を企図するUC計画……。右寄りの頭が思いつきそうなファンタジーだけど、ジオン共和国の解体で大きな変動が起こるだろうことは事実。財団とアナハイムが嵐を乗り切るには、『箱』の存在が不可欠です。カーディアスみたいに、男のロマンで開放されてはたまらないわ）

めずらしく感情を露《あらわ》にして言うと、マーサは緩くウェーブのかかった髪に手をやった。いら立っているとわかる仕種《しぐさ》に身を竦《すく》ませ、モニターから目を逸《そ》らしながらも、マーサの言うことは間違っていない、とアルベルトは自分に言い聞かせてみる。宗主と事を謀り、百年の禁忌に手をつけたカーディアスこそすべての元凶。正当な後継者を差し置き、妾腹《しょうふく》の子に『箱』の鍵《かぎ》を託すような男に、財団の未来を任せられる道理はない。だから、ぼくは――。

（お祖父《じい》さまが素直に『箱』の在《あ》り処《か》を教えてくれれば、こんな搦《から》め手《て》は使わずに済むのだけれど。まあ、強化人間が手に入ったのはもっけの幸いです。移送は万全に）

瞬時に感情を消化し、いつもの鉄面皮を取り戻したマーサが言う。こちらはなにひとつ消化できないまま、アルベルトは「はぁ」と上目遣いに応《こた》えた。

「しかし、艦長たちが承服するかどうか……」

（戦死者の大半は、その強化人間のモビルスーツにやられたのでしょう？　クルーの心情を考慮してとか、言いようはいくらでもあります。参謀本部からも通達は行くでしょうし）

そういう問題ではない。トップダウンで動くだけの人間たちに、《ユニコーン》の奪還はできなかった。一度は引っ込んだ感情が再び頭をもたげ、アルベルトは睨《にら》む目をモニターに向け直した。マーサは微塵《みじん》も動じず、（私も追って合流します）と言い放った唇を笑みの形に歪めてみせた。

「あなたも……？」

（月の重力は美容にはいいけど、体と精神には毒ね。仕事が片付いたら地中海にでも行きましょう。いま頃はいい気候よ）

艶《あで》やかな笑みだった。ずっと昔、子供の目で仰ぎ見ていた頃から変わらない――いや、年を経ていっそう凄《すご》みを増したと思える〝女〟の笑み。この女はすべて理解している。《ネェル・アーガマ》のクルーの心情も、いつの間にか彼らに肩入れしている自分の心理も理解した上で、盤面の駒を動かすように他人を動かしている。理解しても引っ張られず、割りきってみせるのが指導者の資質……ということか。ふと冷たい風が胸を吹き抜け、アルベルトは無言の顔をうつむけた。

自分は、いったいどこに行こうとしているのだろう？　引き金を引いた時の感触が抜けない手のひらを見つめ、もう引き返す道はないのかと考えかけた途端、（そうそう）と忘れ物でも思い出したかのようなマーサの声が振りかけられた。

（カーディアスの秘書をしていた男、ガエルと言ったかしら？　行方をくらましたそうよ）

どくん、と跳ねた心臓に促され、アルベルトは顔を上げた。

（アナハイムの通商ルートを介して、『袖付き』と接触した形跡があるとか。亡くした主人の恨みを晴らすつもりでもいるのかしらね？）

にやと唇の端を吊《つ》り上げ、マーサは言った。掌中の魂を覗《のぞ》き込む悪魔の笑みだった。

（主人が主人なら、部下も部下……。気をつけなさい。あなたも私も、引き返せない道にいるのだから）

そのひと言で掌中の魂を呪縛し直したマーサは、逸らさない目をアルベルトに据えた。生じかけた反感がもろもろと崩れ去るのを感じながら、アルベルトは「は……」と呟《つぶや》き、月の〈フォン・ブラウン〉と繋《つな》がるレーザー通信を切った。

満足げに目を細めたマーサの顔がかき消え、より濃さを増した通信室の闇が全身を押し包むと、その中に潜む何者かの気配が背中を冷たくさせた。あの男の、カーディアスの怨《おん》念《ねん》を背負った何者か。この闇に紛れ、鋭い牙《きば》を首筋に突き立てようとしている何者か——。

アルベルトはコンソールから離れ、ロックを解除して通路に出た。ドア脇に立つ部下の視線を無視して、ブリッジ方面に向かうリフトグリップをつかむ。

詰襟を正し、冷えきった肺にペンキ臭混じりの空気を送り込む。この二日で少しは馴染《なじ》みかけた艦内の匂いだが、仕方がない。ここでは誰もかばってくれないし、助けてもくれない。安息を得られる場所はただひとつ、月から世界を見下ろす悪魔の腕の中だけなのだから。厄介者のアナハイム社幹部の顔を取り戻したアルベルトは、ブリッジへと向かった。背中に張りついた闇は剝《は》がれる気配がなく、無重力を移動する体から熱が抜けてゆくのが感じられた。

※

既存のハンガーに収まりきらず、擱坐《かくざ》したように座り込む濃緑色の機体は、連邦軍機を見慣れた目には単純に驚異だった。両肩の可動軸に懸架《けんか》された四基のバインダーひとつ取っても、通常のモビルスーツ並みのボリュームがある。それらを自在に駆動させ、超常的な機動力を見せる人型の本体に至っては、重量級という言葉が虚《むな》しく思えてくる巨大さだ。

「NZ-666、《クシャトリヤ》。型式番号からして、ネオ・ジオン原産の機体かと思われます。コクピット周りにサイコフレームを実装してますが、古いタイプですね。『シャアの反乱』の際に、アナハイムから提供された試料を流用したのでしょう」

ひしゃげたコクピット・カバーに手をつき、ハッチの奥を覗き込んだアーロン・テルジェフが言う。〈インダストリアル7〉で収容したUC計画の関係者、目下エコーズの管理下にある重要参考人だが、艦内に収容した未知のサイコミュ機を検分するのに、彼以上の適任者はいない。艦長権限でアーロンの身柄を借り受け、整備デッキに連れ出したオットー・ミタスは、壁沿いのキャットウォークから《クシャトリヤ》を——多くの艦載機を撃墜せしめた『袖付き』の四枚羽根を——観察しているところだった。

艦内工場とも呼ばれる整備デッキには、他にもR010《ロメオ》のコードを持つ《リゼル》が置かれ、喪失した片腕の交換作業が行われている。《クシャトリヤ》はと言えば、どうにか五体は保っているものの、トータルなダメージはロメオ010よりよほどひどい。バインダーに内蔵されたサブ・アームは基部ごと焼き切られ、機体各所の亀裂《きれつ》からはいまだ伝導液が漏れ出し、溶け固まった袖飾りの先端にはあるべきはずの右手がない。曲面を多用した装甲も熱や衝撃でぼこぼこに歪み、嬲《なぶ》り殺しにされた人の姿を想起させる。これをあの《ユニコーン》がやったとは。いまはモビルスーツ・デッキで修理中の白い機体を思い浮かべ、ひとつ生唾《なまつば》を飲み下したオットーは、「サイコフレームの製造設備は、月の〈グラナダ〉にしかないと言ったな？」と確かめる声を出した。アーロンはコクピット・ハッチ

に突っ込んでいた顔を上げ、

「ええ。《ユニコーン》のサイコフレームも〈グラナダ〉のアナハイム工場で造られています。表向きは開発が中止された技術ですから、機密保持も含めて一括管理しています」

「なぜ中止されたんだ？」

「未知の領域が大きすぎるからだと聞かされています。そりゃ人間が造ったものですから、電気的なシステムはシステムとして説明できます。でも、たとえばNT－D発動時の《ユニコーン》。装甲から露出したサイコフレームが発光しているように見えますよね？なんで光るのか、造った我々にもわからんのです」

呆《あき》れ顔になったのは、背後でアーロンを監視するエコーズの隊員も同じだった。「わからない？」

「サイコミュで増幅されたパイロットの感応波を受信して――共鳴して、と言った方が正確ですね。金属粒子のレベルで鋳込まれたサイコ・チップが反応していることは確かなんですが、なぜ光るのかがわからない。しかも乗る人間や状況によって発光パターンが異なるんです。どうも感応波がオーバーロードした際に起こる現象のようなんですが、サイコミュの電圧が上がるわけじゃなし、感応波のレベルと発光パターンの相関関係がつかめんのですよ。なにしろキーになるのが人間の思考波、意思っていう数理的に解析しきれない代物ですから」

「そのサイコ・チップとやらが分子レベルの大きさなら、振動して光を出してるんだろう？　感応波に反応して」

「冗談じゃない。そんな特性があるものなら、ムーバブルフレームになんか使いません。きらきら光って自分の位置を知らせる兵器なんて、ナンセンスです」

アーロンは怒ったように言う。オットーは門外漢の口を閉じるよりなかった。

「許容量を超えた電気を流すと、電気コードが発熱して赤くなりますよね？　あれと同じ原理らしいんです。しかし熱だけではない。発光しているように見えるし、光学的に記録もできますが、電気的な光というだけでもない。技術者としてこういう言い方はしたくありませんが、未知の光なんです。しかもそれは、時に物理的なエネルギーにも転化し得る……」

そこで不自然に言葉を切り、アーロンはあらぬ方に顔を逸《そ》らした。「物理的なエネルギー？」と聞き返したオットーをちらと見遣《みや》り、監視のエコーズ隊員の顔色も窺《うかが》ってから、「《ユニコーン》の戦闘記録はご覧になってるんでしょう？」と取り繕う口を開く。

「ああ……」

「わたしは見ていませんが、こいつの損傷具合からおおよその想像はできます。一方的な戦いだったんじゃないですか？　NT－Dのサポートがあったにしても、異常なパワーです。想定された性能をはるかに超えている。なんだか空恐ろしくなってきます」

半ばスクラップと化した《クシャトリヤ》を見上げ、神経質そうな眉根《まゆね》を寄せたアーロンの横顔に、はぐらかされたという思いは溶けて流れた。確かに尋常な戦闘ではなかった。しかも《ユニコーン》のパイロットは素人の学生ときている。それを知ったら、アーロンはどんな顔をするか。苦笑しようとして果たせず、目を伏せたオットーは、「艦長」と発した別の声に背後を振り返った。

「医務室からです。捕虜の意識が戻りました」

手すりにつかまって慣性を殺しつつ、床に足を着けたレイアム・ボーリンネアが手にしたカルテを差し出す。なにごとか含んだ副長の目を見返し、機体の観察に戻ったアーロンに背を向けたオットーは、受け取ったカルテに視線を落とした。

「外傷はともかく、かなり衰弱しているようです。まだ尋問に耐えられる状況ではないかと」

「……この、全身にある火傷《やけど》や裂傷の痕《あと》というのはなんだ？」

カルテに描かれた人体の線画に、創痕《そうこん》や火傷を示す無数の書き込みがあった。添付された写真には、太股《ふともも》や乳房にまで残る古傷が克明に捉《とら》えられている。モビルスーツに乗っていてできる類《たぐ》いの傷とは思えない。レイアムは顔を逸らし、「変態どものオモチャにされてきたんでしょう」と吐き捨てるように言った。

「ハサン先生の話では、もう女性の機能は破壊されているとか」

さすがに絶句した。思わず顔を上げたオットーとは視線を合わせず、レイアムは忿懣《ふんまん》を湛《たた》えた目をデッキの方に据えた。

「第一次ネオ・ジオン戦争の末期に、クローンのニュータイプ部隊が実戦投入されたという噂は聞いたことがあります。全滅したとのことでしたが——」

「生き残った者もいた。その末路がこれか……」

「悪質な人身売買組織に拾われたのかもしれません。指示者を失った強化人間は、糸の切れた操り人形になるそうです。おそらくは、なにもわからないまま……」

レイアムは手すりを握りしめ、先の言葉を呑《の》み込んだ。女にしかわからない痛みと悔しさを滲《にじ》ませ、その大きな肩が奇妙になまめいて見えた。この《クシャトリヤ》のパイロット、マリーダ・クルス中尉の年齢は不明だが、顔立ちからして二十歳を過ぎてはいまい。第一次ネオ・ジオン戦争に参加した頃は十歳前後——戦争の犠牲者などというありきたりな言葉で収めるには、あまりにも重すぎる。オットーは無言でカルテを閉じ、腹の底から漏れ出す息を吐いた。

「結果に責任を持てないくせに、とりあえずの要求と興味に従って、人を滅ぼすような技術を開発してしまう。人類の悪い癖と言ってしまえばそれまでですが、救われませんね」

呟《つぶや》いたレイアムの視線の先に、《クシャトリヤ》のコクピットを調べるアーロンの姿があった。空恐ろしいと言った一分前の自分を忘れ、与えられた玩具をいじるのに余念がない技術者の顔に、吐ききったつもりの嘆息がこみ上げてきた。オットーはレイアムにカルテを返し、「捕虜の尋問は参謀本部に任せよう」と言った。

『袖付き《そでつ》』の情報は欲しいが、くたびれた頭でなにを考えても始まらん。まずは〈ルナツー〉に帰港することだ」

L1の暗礁宙域を離脱して、じきに四十時間。長大な放物線軌道を描き、地球の静止衛星軌道に差しかかりつつある《ネェル・アーガマ》は、〈ルナツー〉への帰路を半分ほど消化した計算になる。ここまで来れば、ネオ・ジオン艦隊の追撃もあるまい。「了解です」と、レイアムも多少は気を取り直した声を返してくれた。

「いくらなんでも、もうこれ以上の寄り道は……」

冗談混じりに言いかけて、ふと一点を注視したレイアムの表情が固まる。オットーはその視線の先に目を転じた。

遠目にもアルベルトとわかるまるっこい人影が、向き合う壁の手すりを蹴《け》って整備デッキに流れてくる。心なし青ざめた顔は、こちらと視線を合わすと少し怯《おび》えたようになり、次いでにたりと不気味な作り笑いを浮かべてみせた。

「ない……と思いたいな」

嫌な予感がする。レイアムともども、オットーは疫病神の到来に備えて手すりを握りしめた。

※

「……必要とは思えんがね」

「わからないじゃないですか。相手は強化人間なんですよ？」

誰かが喋《しゃべ》っている。バナージ・リンクスは瞼《まぶた》を開け、天井に灯《とも》る蛍光板を見上げた。最初に《ネェル・アーガマ》で目覚めた時に見たのと同じ、破砕防止用の金網が張られた医務室の蛍光板――。

「筋肉も強化されているし、薬が切れたら暴れ出したりするんでしょう？　その前に拘束しておかないと」

「それは後天的に改造されたタイプの話だ。彼女は先天的に遺伝子設計されたタイプだから、拒否反応を抑える薬は必要ない」

ミヒロ・オイワッケン少尉とハサン先生の声――誰のことを話しているのかも察しがつく。眠りから醒《さ》めた頭がゆるゆると回転し始め、バナージはベッドに横たわったまま顔を動かした。天井から吊《つ》り下がるアコーデオン・カーテンごしに、「でも……！」と言ったミヒロの剣呑《けんのん》な声が鼓膜に突き立つ。

「情緒も安定しとるようだし、なにより怪我がまだ治ってないんだ。医者として、拘束衣を着せるという話は承服できん」

「ネオ・ジオンの強化人間なんですよ？　隙を見て先生に襲いかかることだって――」

「マリーダさんは、そんなことしません」

気がついた時には、口が動いていた。だるい上半身を起こし、バナージは一気にカーテンを引き開けた。

診療机を前にするハサンと、その脇に立つミヒロが同時にこちらを見、「バナージくん……！」と言ったミヒロの目がまるく見開かれる。それはすぐに翳《かげ》に呑み込まれ、「いたの？」という刺《とげ》のある声を伴って、気まずい空気を医務室に押し拡げていった。

「彼も病み上がりみたいなものなんでな。診断のついでに、点滴をして休ませてた。……気分はどうだ？」

とがった空気を中和するハサンの声だったが、ろくに耳に入らなかった。ミヒロの硬い表情を見つめたバナージは、「怪我人に拘束衣なんて……」と低く続けた。「あなたが口出しすることではないわ」と、ミヒロは上から押さえつける声を返す。

「なんでです。マリーダさんは士官なんですよ。捕虜の扱いって、ルールで決められてるんじゃないんですか？」

「『袖付き』はテロリストよ。士官でもなんでも犯罪者だわ」

「でも、マリーダさんは……」

「あなたね、〈パラオ〉で洗脳でもされたの？　彼女はあの四枚羽根のパイロットだったのよ。あなたのコロニーを破壊した張本人なのよ。あたしたちの仲間だって、何人殺されたか――」

「そうだけど……！　そうだけど、そんなふうに頭から決めつけたら話もできないじゃないですか。ミヒロさんらしくないですよ」

ぐっと詰まった顔を背け、ミヒロは押し黙った。「……警備を付けます。医務室から移動させる時は連絡を」とハサンに言い、足早に医務室を出て行く。「了解」とのんびり応じたハサンは、彼女がドアの向こうに消えるのを待ってこちらをじろと睨《にら》んだ。「察してやれ」と言い、すぐに机の方に椅子をめぐらせた白衣の背中に、バナージは訝《いぶか》る目を向けた。

「リディ少尉も帰ってこなかったんだ。彼女なりに気を張ってるんだよ」

あ、と胸中に発した声が喉《のど》に詰まり、少し息ができなくなった。リディ機は戦没認定を受けたと聞いている。ミヒロもハサンも、この艦のクルーは誰ひとり真相を知らない――。急に這《は》い上がってきた居心地の悪さに押され、バナージはサイドテーブルの水差しを手にした。ぬるまった水をひと口含み、うしろめたさと一緒に飲み下してから、いつの間にか寝込んでしまった頭に手をやる。

マリーダは集中治療室に、他の怪我人たちは病室に収容されているので、ここには自分とハサンしかいない。壁に設置されたCTスキャンの装置を見、なにかしら鳥肌立つ思いを味わったバナージは、「前に言ってた検査って、このことだったんですね」と聞くともなしに言ってみた。「あ?」とハサンが少し顔を振り向ける。

「強化人間かどうかって。おれのことも調べたんでしょ?」

初めてこの医務室で目を醒ました時、『ここの設備で調べる限り、判定は白だ』と言ったハサンの声は、不穏な響きになって耳にこびりついている。ハサンは決まり悪そうに頭を掻《か》き、「ま、いきなり《ガンダム》で飛び込んでこられりゃ、調べたくもなるさ」と机に向き直りながら応えた。

「マリーダさん、本当にそうなんですか? なんなんです、強化人間って」

「人工的にニュータイプが造れないかって、マッド・サイエンティストの妄想だよ。実際には、戦闘用の類人兵器を造り出しただけのことだったがな」

カプセルのガラスに映る、蒼《あお》い瞳《ひとみ》の少女の顔が脳裏をよぎった。明確な実感のない、追いかけると木霊《こだま》のように霧散してしまう他人の記憶——。握りしめた拳《こぶし》を小さく震わせ、「どうしてそんなことができるんです」とバナージは搾り出した。

「ニュータイプって、いったいなんなんですか?」

椅子を回転させ、こちらに体を向けたハサンは、「概論は知ってるんだろう?」と落ち着いた声を投げてきた。やや気を削がれた思いで、「そりゃ……」とバナージは答えた。

「宇宙に出た人類は進化し得るっていう、あれでしょう？　洞察力が拡大して、誤解なく人とわかりあえるようになるって」

「そうだ。たとえばおまえさんの体。前に診察した時より、Gによるダメージが少ない。パイロットスーツに保護されていたにしても、驚異的な回復力だ。どういうことかわかるか？」

「いえ……」

「慣れてきてるんだよ。おまえさんの体が《ガンダム》に。たった二回や三回乗っただけなのにな」

想像外の言葉だった。ぽかんと口を開けたバナージをよそに、ハサンは「人間には、環境に適応する能力がある」と続けた。

「旧世紀にペストが蔓延《まんえん》した時、わずか五十年で致死率が低下したというデータがある。子孫を重ねるまでもなく、苛酷《かこく》な環境に置かれた人体が耐性を獲得したんだろう。命は常に生存に最適な道を探し、自らを変えてゆくということだ。宇宙という環境に進出した人類が、その広大なスペースを埋めるために認識力を拡大させるって話は筋が通っている。ない話じゃないと思うね。個人的には」

椅子の背もたれに寄りかかり、ハサンは壁の向こうに宇宙を見ているような面持ちで言う。広がった生活空間を埋めるために、感じたり理解したりする力が拡大する。そういう話なら理解できるし、そうであってほしいとバナージも思った。誤解も行き違いも霧散し、互いに響きあう心が相手の全存在を受け止め、正確に認識する。あの一瞬がニュータイプの交感であったなら――。

「……みんながそうなれれば、戦争なんてなくなりそうなものなのに」

「かもしれんな。あるいは、もっとひどい殺し合いになるか」

「なぜです？」

「だってそうだろう。腹のうちがすべて相手に伝わってしまうんだ。嘘を処世の潤滑剤にしている大人は裸足《はだし》で逃げ出すよ。それに、ニュータイプとオールドタイプという新しい格差も生まれる」

「格差……」

「しかもニュータイプは宇宙で発生するという。余剰人口を宇宙に追いやって、安穏としている地球居住者《アースノイド》にはたまったもんじゃない。主従が逆転するという話だからな」

「だったら、全人類を一気に進化させればいいんです」

稚気めいたことだとわかっても、バナージは言ってしまっていた。自分自身、あの一瞬の感応を言葉にしてハサンやミヒロに伝える術《すべ》はない。そのいら立ちが気持ちをねじ曲げ、他人の気持ちを害したりもするのだ。その結果が誰も望まぬ戦争だというなら、人間はあまりにも救われない。ニュータイプが実在し得るものなら、多少強引な手段に訴えてでも可能性を追求した方がいい。

　ハサンは手慰みにいじっていたペンを机に置き、「昔、ある男が言ってたことがある」と静かに重ねた。

「人の争いが絶えないのは、人類が進化の入口で足踏みをしているからだ。本当にニュータイプになれる可能性があるなら、強化人間の研究は容認されていい。人の進化を自然に委《ゆだ》ねていたら、人類は自分で自分を殺してしまう」

　自分の発想の結末を知らされた気分だった。腹の熱が一気に冷め、バナージは顔をうつむけた。

「それはそれで見識ではある。だが……」

「寂しい物の見方だと思います。そんな可能性なんて……」

　可能性——信じることで養われる内なる神。脳や精神を切り裂いて、取り出せるようなものだとは思いたくない。それは可能性を鋳型にはめ込み、窒息死させる行為でしかない。

「同感だ」とハサンは微《かす》かに口もとを緩めてみせた。

「だから、不便でも、いまある力でわかりあう努力をせにゃならん。どちらかがどちらかを屈伏させるのではなく、お互いに折り合える妥協点を見つけ出さねばならんのだが……。道は険しいな」

　ミヒロが出ていったドアを見つめ、ハサンは吐息混じりに言う。彼ほどの歳を重ねても、身内の不和ひとつ解決することができない。その横顔を同調できる人だと捉《とら》える一方、自分もまたリディたちの真実を話せずにいる。骨身に染みた険しさを抱き、バナージは冷たい床に目を落とした。

顔に貼られた絆創膏《ばんそうこう》が痛々しかった。砕けたヘルメットのバイザーは、顔に突き刺さりこそしなかったものの、無数のすり傷を白い肌に残した。リニア・シートとノーマルスーツのアタッチメントが引きちぎれ、コクピット内を跳ね回った結果だ。他にも全身各所で内出血を起こし、肋骨《ろっこつ》にもひびが入っているという。ブランケットに包まれた体はしんと動かず、低重力用の点滴に繋《つな》がれた左手を見遣《みや》ったバナージは、そこにも打撲の痕《あと》を見つけて顔を背けた。

規則正しい心電図の音を聞きながら、踵《きびす》を返す。やはり来るべきではなかった。意識が戻ったからといって、なにを話すつもりだったんだ？　傷つけた当人が、傷の具合を心配するなんて冗談にもならない。自分には、彼女を救い得るなんの力もないとわかっているのに——。ちらとベッドの方を振り返り、ぴったり閉じ合わされた長いまつ毛を見たバナージは、すぐに目を伏せて集中治療室のドアの前に立った。瞬間、「立場が逆転したな」という声が背後で発し、ドアパネルにのばしかけた腕が凍りついた。

ベッドに横たわったまま、マリーダ・クルスが蒼い瞳をこちらに向けていた。マリーダさん、と出しかけた声が喉《のど》に張りつき、バナージはただその瞳《ひとみ》を見返した。

傷つき、捕らわれた我が身を嗤《わら》い……いや、すべてを諦念《ていねん》の彼岸に押しやり、いっそ清々としている瞳だった。胸が詰まり、視界が滲《にじ》むのを感じながら、バナージはベッドの枕許《まくらもと》に歩み寄った。バイタル・サインを映し出すモニターの下、マリーダは「そんなに見るな」と薄く笑い、充血した目を天井に据えた。

「……よく憶《おぼ》えてないんです。どうしてあんなことになったのか」

そんな言葉が自然にこぼれ落ち、唇を震わせた。マリーダは少し首をめぐらせ、右肩に束ねられた栗色の髪が微かに揺れた。

「自分が自分でなくなるような……違うな。押さえ込んでいたものに火がついて、ずっと爆発し続けてるみたいだった。相手はマリーダさんだって、わかっていたはずなのに……」

「マシーンに呑《の》まれたんだろう」

要領を得ない言葉を遮り、マリーダは淡々と言った。バナージは顔を上げてその瞳を見た。

「サイコミュの逆流だ。操縦しているつもりが、いつの間にか操られている。システムに強制されて」

「システム……」

「強烈な否定の意思を感じた。あれは多分、あの《ガンダム》に埋め込まれたシステムの本能だ。ニュータイプを見つけ出して、破壊するシステム。たとえそれが造り物であっても……」

そこまで言ったマリーダの顔が不意に歪《ゆが》み、押し殺した苦悶《くもん》の息が歯の隙間から漏れる。その右腕がのろのろと持ち上がるのを見たバナージは、サイドテーブルの水差しを取って顔に近づけてやった。それを口に含み、小さく息をついたマリーダは、「マシーンには、本物と造り物を識別する能力はない」とかすれた声で続けた。

「でも、人は違う。感じることができるから」

血の気の失せた指先が、水差しごとバナージの手のひらを包み込む。乾いた唇にやわらかな笑みが広がり、こういうことだよ、と蒼《あお》い瞳が語りかけるのを知覚したバナージは、咄嗟《とっさ》にもう一方の手をマリーダの右手に添えた。哀しいほど冷えた指先に自分の指を絡め、気を抜けば遠ざかってしまいそうな瞳に自分の顔を映して、代替えのきかない命ひとつをこの場に繋ぎ留めようとした。

「マリーダさん、あなただって……!」

「おまえの中を見た」

わけもなく心臓が跳ね、震えた手から力が抜けた。マリーダはすっと右手を引っ込め、もう笑っていない顔をバナージから背けた。

「おまえも、私の同類かもしれない」

「……どういう意味です」

一瞬だけ合わせた目を天井に戻し、「そうとでも思わなければ、私の立場がないよ」とマリーダは言った。言葉通りに受け取る気になれず、バナージは不自然に逸《そ》らされた蒼い瞳を覗《のぞ》き込んだ。

「だが……最後の一線で《ガンダム》は止まった。おまえの意思が、システムを屈伏させたんだ。おまえの中にある根っ子が、それをさせたんだと思う」

「根っ子……？」

「私たちには、それがない」

透徹した瞳を天井に据え、マリーダは静かに続けた。「だからマシーンに同化できてしまう。世界と関わりを持たず、ただ浮いているだけの存在……」

力なく投げ出された両の手が、ブランケットをわずかに握りしめる。すでに自分の行く末を見定めている者の沈静、真空に通じる空洞のような気配がその体から滲み出し、バナージは「マリーダ……」と呟《つぶや》いた声を震わせた。

「私のことはいい。バナージ、これからどんな現実に直面しても、自分を見失うな。〝それでも〟と言い続けろ」

いきなり横面をはたかれたように思い、バナージは微かにあとずさった。同情もいたわりも寄せ付けない強い光を放ち、マリーダの瞳がこちらを直視していた。

「それが、おまえの根っ子……。あの《ガンダム》の中に眠る、もうひとつのシステムを呼び覚ます力になる。あれに『ラプラスの箱』が託されたのは……」

奥底に食い込んでくる声と視線は、そこで苦悶の呻《うめ》きに断ち切られた。バイタル・サインがアラーム表示を点滅させ、体をのけぞらせたマリーダの顔が苦痛に歪む。「マリーダさん……！」と叫び、その手を握ろうとしたバナージは、ぐいと突き出されたマリーダの手に押されて尻餅《しりもち》をついた。点滴スタンドが倒れ、がしゃんと派手な音を室内に響かせる。

もういい、と言われたようだった。私に引っ張られるな——言外に語った瞳の色を思い返す間もなく、続き部屋になっている医務室からハサンが駆け込んできて、のけぞるマリーダの体を押さえつけた。「強心剤！　ジゴキシンでいい」と戸口の方に怒鳴ると、あとから入ってきた看護兵が慌てて注射の準備をする。バナージは壁際にあとずさり、ハサンの背中ごしに痙攣《けいれん》するマリーダの手足を見た。ブランケットを剝《は》ぎ取り、寝巻きもはだけさせた体をハサンが押さえつける一方、看護兵の手にする注射器が露《あらわ》になった乳房に近づけられる。「強化筋肉だ。並みの力じゃ針が通らん。突き立てろ」と言ったハサンに、看護兵は蒼白《そうはく》になった顔で頷《うなず》き、両手で持ち直した注射器を頭上に振り上げた。

ヘッドランプの光を受け、注射針が糸のように細い銀色を閃《ひらめ》かせる。振り下ろされる直前に目を閉じ、顔を背けたバナージは、耳も塞《ふさ》いで集中治療室をあとにした。なにもできない。おまえは彼女を苦しめるだけだ。胸中に渦巻く声に急《せ》き立てられ、何度か転びそうになりながら、医務室を抜けて通路に飛び出した。

「おい、どうしたんだ」と追いかけてきた警衛隊員の声を振り払い、緩い弧を描く重力ブロックの通路を走る。なにがシステムだ。なにが根っ子だ。結果的に踏み留《とど》まったというだけで、おれがマリーダを殺そうとした事実は変わらない。《ユニコーンガンダム》のシステムに取り憑《つ》かれて——あれはいったいなんなのだ？『ラプラスの箱』、ビスト財団、記憶に埋め込まれた父親の声……どれもこれも、知ったことか。

おれは、もう二度と《ユニコーンガンダム》には乗らない。無数の言葉の中からその思いが屹立《きつりつ》し、バナージは足を止めた。壁に手をつき、荒い息を吐き出しながら、カーディアスの血を吸った手のひらを握りしめる。仕方ないじゃないか、それしかないんだ。胸苦しさを押し留め、記憶の中の顔に言いきった刹那《せつな》、見覚えのある丸い物体が視界の端をよぎった。

バスケットボール大のそれが、低重力の床を転がって足もとにまとわりついてくる。〈バナージ、元気ナイナ〉と合成ボイスを響かせたハロを抱え、バナージは通路の前後を見渡した。ハロがひとりで出歩いているわけはない。案の定、十字路の陰から見知った顔が現れ、こちらに手招きする素振りをみせた。

周囲を窺《うかが》い、つきあえよ、と口を動かしたタクヤ・イレイの背後には、ミコット・バーチの姿もある。〈パラオ〉から戻って以後、何度か顔を合わせる機会はあったが、まだまともに話をする時間は持っていない。こちらも周囲を見回し、ひどく遠く感じられる友人たちの顔に視線を戻したバナージは、その距離を埋めるためにひと息に床を蹴《け》った。目を合わせようとしないミコットを促し、タクヤがエレベーターの方に向かう。航海科の徽章《きしょう》をつけたクルーが傍らを通りすぎたが、艦内をうろうろする民間人を見るのは慣れっこになっているのだろう。目もくれずに行き過ぎたクルーを背に、バナージはタクヤのあとを追った。手の中のハロがぱたぱたと耳を動かし、耳慣れた駆動音を聞かせてくれたのがうれしかった。

「……辛《つれ》ぇよな、落ち込んでるミヒロ少尉を見るのはさ。リディさんが生きてるって教えてやれたら、一発で元気になるのに」

超剛プラスチック製の大きな窓に、ため息混じりに言うタクヤの顔が反射していた。窓の向こうにちりばめられた無数の星の光は、室内の反射光に遮られてろくに見えない。医務室を出ていったミヒロの硬い横顔を思い出しつつ、「そういう関係だったんだ……」とバナージは呟いた。その自分の顔も窓に反射し、重苦しい表情を宇宙の常闇に浮かび上がらせた。

艦の舷側《げんそく》に設けられた展望室は無人だった。縦五メートル、横幅も三メートルはあろう窓が三組ずつ、横に長い空間に沿って一列に並び、戦艦の中とは思えない広大な空間を作り出している。緩くなった監察処分をいいことに、この数日ですっかり艦内構造に精通したタクヤは、他にも数ヵ所の候補地を選定した上でバナージを誘いに来たらしい。監視カメラの位置も把握済みとのことで、喋《しゃべ》る時は窓の方を向き、室内の方は振り返るなという。カメラに映ると、唇の動きからなにを話したか調べられてしまうのだそうだ。

リディの計画に乗り、波乱の脱出劇を経てここにいるタクヤとミコットの事情は、あらかた聞かされている。こちらはかいつまんで話せるようなことはなにもなく、バナージは無重力を漂うハロを見るともなしに眺めた。手すりに足をひっかけ、寝転がるような体勢で宙に浮かびながら、「よくわかんねえけど」とタクヤが続きの口を開く。

「この艦《ふね》の連中、まだオードリーが消えたことも知らされてないらしいんだ。おれたち三人しか知らないことだから、用心しねえと。な、ミコット」

ベンチに腰かけ、「うん……」と顔を上げたミコットは、バナージと視線を合わせるとまたうつむいてしまった。眉《まゆ》をひそめたバナージの傍らで、タクヤががりがりと頭を掻《か》き、ああもう、ともどかしげな顔をしてみせる。

「おれ、ちょっと飲み物とってくるわ。二人とも、コーヒーでいいよな?」

手すりを蹴り、背後の壁にある自動ドアの方に向かう。「おれも行くよ」と床を蹴りかけたバナージは、「いいから」ときつく言ったタクヤに押し返され、その場に留まった。口に当てた手を動かし、ミコットと話せとジェスチャーで示したかと思うと、タクヤは展望室のドアから出ていってしまった。

なんなんだ。口中に呟き、バナージは仕方なくミコットの方に振り返った。窓と向き合うベンチに腰かけたまま、ミコットは相変わらず視線を合わせようとしない。私学に通う工場長の娘、工専学生にはまぶしすぎる溌剌《はつらつ》とした自信家が、まるで別人と思える沈みようだった。

ふと、背中に押し当てられたやわらかな感触が思い出され、気まずいというだけではない、いたたまれない息苦しさが胸を占めた。痒《かゆ》くもない鼻をこすり、窓の外に視線を逃がしたバナージは、「大変だったたね。軍艦から逃げ出してくるなんて」と間を取り繕う声をかけてみた。「バナージこそ……」と返し、窓の反射ごしに目を合わせたかと思うと、ミコットはすぐに顔を伏せ、膝《ひざ》の上に置いた手のひらをぎゅっと握りしめた。

「……ごめんなさい」

「え？」

「ミネバ……オードリーさんのこと。あたしが密告したりしなければ……」

半ば忘れかけていたことだった。ずっと思い詰めていたらしい横顔に胸を突かれ、うつむくミコットの方に体を向けたバナージは、「そんな……」とくぐもった声を搾り出した。「謝らなければいけないのは、おれの方だよ。君とタクヤをこんなことに巻き込んでしまって」

「あたしたちが勝手についてきたんだもの。謝ることないわ」

「でも……」

「あたしが、バナージをけしかけたのかもしれないんだし」

多少は気が晴れたのか、口もとに笑みを刻んだミコットが言う。バナージはわからずに目をしばたたいた。

「そんなに彼女のことが気になるんだったら、取り戻しに行けばいいって……。マンションの屋上で話したの、憶《おぼ》えてない？」

一週間が、一年にも思える遠い記憶がよみがえり、こわ張った胸が少しほぐれるのが感じられた。「ああ……」と呟《つぶや》いた口が自然に緩み、バナージは苦笑した顔を窓に向けた。「バカなこと言っちゃったなぁ」などと言いつつ、立ち上がったミコットも窓の方に体を寄せる。

「でも、さ。いっぺん助けたからには、最後まで責任は持ちなさいよ？　強がってみせてても、あの娘だって辛《つら》いんだから」

いつもの口調とともに、ようやく視線を合わせたミコットが言っていた。それこそ意地っ張りの強がりに聞こえたが、ミコットらしい声であることに変わりはなかった。「わかってる」と応《こた》え、バナージは窓外の宇宙を見つめた。胸のつかえが下りたと思える体に、星の清冽《せいれつ》な光が心地好《ここちよ》かった。

「ちゃんと地球に着けたかしら」

「リディ少尉が一緒なんだ。平気だよ」

ぽつりと言ったミコットに返しながら、窓の向こうの闇に目を凝らす。じきに静止衛星軌道に差しかかる頃合だが、艦首方向にある地球はここからは見えない。月も、スペースコロニーの光も見えず、無辺の闇が窓の外を塞《ふさ》いでいた。

光の速さでも測りきれない、広大という言葉すら矮小《わいしょう》にしてしまう宇宙。目下、人類の生活圏と呼べる空間は月と地球の間に限定されているが、それだけでも十分に広すぎる。宇宙と地球とに引き離されたら、同じ世界にいると捉《とら》えるのも困難な隔たりを感じてしまう。人はもともと大地に根差して距離や空間を認識する生き物で、宇宙を生活の場とするようになってからまだ百年しか経っていないのだ。

ニュータイプにでもならなければ、確かにこのスペースは埋められない。でも、百年やそこらで人間が進化するものだろうか？　突然変異はあり得る、とハサン先生は言っていた。自分がそれなら、地球に行ったオードリーの存在も感じ取れるだろうに――。

「大人目線だね」

横目でこちらを窺ったミコットが、呟くように言う。すぐにはなんのことかわからず、バナージは黙ってその顔を見返した。

「そんなふうに思いきれるなんてさ。なんか、もうあたしの知ってるバナージじゃないみたい」

「そうかな……」

言われてみて、リディという人間のことをほとんどなにも知らない自分に気づかされたが、不思議と不安はなかった。この艦ですれ違った時の印象と、戦場で背中合わせになった時の感覚――勘の合う人らしい、という漠とした感覚を信じるなら、任せてもいいのではないかと思う。どだい、本来はミネバという名を持つ彼女が、連邦軍の戦艦にいていいことはない。リディに事態を突破する伝《つて》があるのならば、むしろめぐりあわせのよさを感じる部分もバナージにはあった。

人の繋《つな》がりを信じ、信じた自分に腹を括《くく》る。それが大人目線であるかどうかはともかく、十日前の自分にはなかった心理であることは間違いない。自分の中に息づく他者の思惟《しい》が、心を包んでくれているからだろうか？　徒然《つれづれ》に考え、胸を刺す痛みとともにマリーダの横顔を思い出したバナージは、「バナージ……」と肩をつついたミコットの声に我に返った。

ドアの方に振り返った彼女の視線の先に、タクヤがいた。三人分のコーヒー・チューブを抱え、こわ張りきった顔をこちらに向けるタクヤの背後には、背の高い二人の男が控えている。そのうちのひとりと視線を合わせ、ほぐれかけた胸が再び硬化するのを感じたバナージは、相手が口を開くのを覚悟して待った。

「バナージ・リンクス。一緒に来てもらいたい」

「ナイフの鋭さを持つ目を動かさず、ダグザ・マックール中佐が言う。「……なんです？」と問うた声に返事はなく、ダグザはゆらりと浮き上がらせた長身をバナージに近づけてきた。

マリーダよりよほど造り物めいていると思える瞳《ひとみ》が、目の前で硬い光を放つ。圧倒されそうな体に力を入れ、バナージは無言でダグザの視線を受け止めた。

※

南部特有の倦《う》んだ日差しが、午後の翳《かげ》りを帯び始めた時だった。「あれですな」と言ったマウリ中将の声に促され、ローナン・マーセナスは窓ガラスごしに東の空を見上げた。

湧き立つ積乱雲を背に、三つの黒い染みが浮かび上がっている。それらは見る間に大きくなり、航空機とわかる形状を露《あらわ》にして、眼下の滑走路に向かって降下を開始した。

三機のうち、中央の一機を挟む二機には見覚えがある。連邦空軍の戦闘機だ。確かTINコッドIIとか言ったか？　思う間に、中央の一機が急に速度を落とし、ローナンは思わず窓に顔を近づけた。失速したかのように見えたその機体は、次の瞬間にはばらっと形を崩し、一瞬前の印象を完全に裏切るシルエットを再形成した。

爆発的に膨らんだ水蒸気の幕が、人型になった機体を包み込む。あれが《デルタプラス》――息子が乗り逃げをしたというモビルスーツか。ローナンはネクタイをわずかに緩め、濃灰色のスマートな機体に目を凝らした。身の丈二十メートルに及ぶ巨人の姿は、一年戦争の昔、ジオン公国軍の《ザク》が地球を闊歩《かっぽ》していた頃から見慣れている。五十の大台を越えた男が目を瞠《みは》るようなものではないとはいえ、飛行機が瞬時に人型に変形するさまはやはり驚嘆に値する。そのまま頭上を行き過ぎた二機のＴＩＮコッドⅡをよそに、《デルタプラス》は背部のメイン・スラスターを噴かし、大きな放物線を描きながら地上に降下してゆく。一般の滑走路ではなく、訓練用に使われるモビルスーツの着地スポットへ。巨体を支える噴射炎が蜃気楼《しんきろう》を揺らめかせ、二百メートル以上離れたこの司令棟の窓ガラスをびりびりと振動させた。

タラップカーや消防車、武装した警衛を乗せた軍用エレカが一斉に動き出し、着地スポットに殺到する。カーボン舗装されたスポットをスラスター炎で焦がしつつ、《デルタプラス》は着地標識を示す円の中央に鮮やかに着地した。ずん、と鈍い震動がローナンのいる応接室まで届き、テーブルに置かれたコーヒーカップが微《かす》かな音を立てる。ビームライフルを背部のラックに収め、片膝をついた人型は、それを最後にいっさいの動きを停止したようだった。

あの子が、あんなものを動かせる。無骨なマシーンに息子の横顔を重ね合わせ、誇らしいような、置いてきぼりにされたような複雑な気分を漂ったローナンは、「困ったことをしてくれたものです」と発した声に背後を振り返った。制服の胸に略章を並べたマウリ中将が、勿体《もったい》ぶったしかめ面を窓の外に向けていた。

「勝手に戦線を離脱した上に、単機で地球の防衛線に侵入するとは……。このところの騒ぎで、ただでさえ防衛態勢が強化されている時です。対処が遅れていたら、どうなっていたことか」

先刻まで一緒にいた基地司令の大佐は、受け入れ作業を監督するために部屋を出ていった。幕僚付き士官も司令に同道しており、滑走路に面したこの応接室にはローナンとマウリの姿しかない。「わかっている。恩に着るよ」とローナンは背中で言っておいた。今朝、執事のドワイヨンが血相を変えて執務室に駆け込んできてから、じきに五時間。今日の予定をすべてキャンセルし、関係各所への連絡と調整に奔走させられた半日を経て、恩着せがましい顔の中将と向き合い続ける忍耐はなかった。

とはいえ、マウリの話に誇張はない。マーセナス家の名前は軍部内にも浸透してはいるが、無断で地球に侵入する不審機を見逃し、便宜を図らせるほどの威光が末端に行き届いている道理はない。防空司令部の当直が確認の手続きを取ったのが運なら、ローナンがたまたま地元に戻り、自宅で遅い朝を迎えていたのも運。これが国会会期中だったら、連絡は秘書から秘書へとたらい回しにされ、《デルタプラス》は身元確認が取れぬまま撃墜されていただろう。

　ついでに言うなら、このマウリ中将が北米にいたのも幸運のひとつに違いない。一度はフロリダのケネディ宇宙空港に拘留された《デルタプラス》を、このアトランタ海軍航空基地に呼び寄せることができたのは、最高幕僚会議に名を連ねる彼の力に拠《よ》るところが大きい。もっとも、一年の半分は妻子ともども地球に滞在し、将来の出馬に備えて各界とのコネ作りに勤《いそ》しんでいるマウリの事情に鑑《かんが》みれば、幸運だったのはむしろ彼の方だとも言えた。

　連邦中央議会において、宇宙政策のイニシアチブを握る最大の部会――移民問題評議会。その議長に恩を売れる機会など、そうそう道端に転がっているものではない。「後日、あらためて聴取はさせてもらいます」と続けたマウリは、抜け目なく己の権能をアピールする一方、降って湧いた幸運を訝《いぶか》ってもいる顔だった。

「しかし、本当に議長の差し金ではないんでしょうな？」

「冗談じゃない。先日のメールの一件といい、寝耳に水の話だよ。不肖の息子が、よりにもよって『箱』に関わっていたとはな」

　敢《あ》えて直截《ちょくせつ》な言葉を投げつけたのは、ゴルフ焼けしたマウリの顔色を観察するためだった。咄嗟《とっさ》に室内を見回し、隠微な目と目を窓の反射ごしに合わせたマウリは、「その件につきましては、参謀本部の手落ちでもあります」と殊勝に答えた。途端に畏縮《いしゅく》したその表情を見、政治屋向きの男ではないなと再確認をしてから、ローナンは窓外に視線を戻す。

「幕僚の中には、ビスト財団とアナハイムの子飼いもひとりならずいます。不正規作戦を実施するにも、一枚岩というわけにはいきませんで……。ご子息が《ネェル・アーガマ》に乗務しているとは、議長に宛てられたメールを見るまで把握しておりませんでした」

「軍が『箱』の重要性を理解してくれていればよかったのだよ。財団にけしかけられて、《ネェル・アーガマ》一隻で〈パラオ〉に仕掛けさせるなど……。ロンド・ベル全隊を動員していれば、『袖付き《そでつ》』を封じ込めることもできたはずだ」

「お説はごもっともですが、我々も『箱』がどういうものであるか知らないのです。存在も不確かなもののために、あれ以上の戦力を動かすわけには……」

先刻までの傲慢《ごうまん》な顔つきを失い、マウリは役人化した将官の真骨頂と取れる目と声で言う。この男は幸せ者だ、とローナンは思った。世界を覆す『箱』の存在など、眉唾《まゆつば》の都市伝説だと思っていられるに越したことはない。たるみが目立つようになった顎《あご》に手をやり、緩めたネクタイを締め直したローナンは、「『袖付き』は〈パラオ〉を放棄したそうだな」と振り向かずに押しかぶせた。

「その意味を参謀本部は理解しているのか？」

「無論です。拠点を放棄したとなれば、ネオ・ジオンは破れかぶれの全面攻撃を仕掛けてくる可能性もある。そのために防衛態勢の強化を——」

「違うな。フル・フロンタルは抜け目のない男だ。連邦と対等に渡り合うだけの目算がなければ、拠点を棄てたりはしない」

「まさか。現在のネオ・ジオンの戦力は……」

「『箱』がある」

ぴしゃりと言い、ローナンはマウリを直視した。マウリはごくりと喉《のど》を鳴らし、本気を窺《うかが》う目をこちらに寄越した。

「『箱』の鍵《かぎ》が埋め込まれたUC計画のモビルスーツ……。《ネェル・アーガマ》に回収されたと聞いたが、『袖付き』にモニターされているはずだ。下手に触らず、急ぎ〈ルナツー〉に運び込んだ方がいい」

「は。しかし……」

「財団に先手を取られた、か?」返事を濁したマウリを睨《にら》みつけ、ローナンはたたみかけた。『袖付き』も追ってくるぞ。彼らが先に『箱』にたどり着くようなことがあったら……」

「本部に伝えます」

早口に言うと、マウリはせかせかと応接室から出ていった。いまさらなにが間に合うものでもないが、やれるだけのことはやった、と言い訳ができる程度にはマウリは働くだろう。職務上の勘は働かなくとも、自分の立場を守るためには特別な反射神経を発揮するのがこの手合いだ。「それがいい」と独りごち、ローナンは再び窓に向き直った。黙然とうつむく《デルタプラス》を取り囲み、殺気立った車両群が無数の赤色灯を点滅させる光景があった。

タラップカーが跪《ひざまず》く巨人ににじり寄り、荷台の舷梯《げんてい》を腹部のコクピット・カバーに触れさせる。機体の余熱が蜃気楼を揺らめかせる中、豆粒ほどの大きさに見える警衛たちが一斉にライフルを構え、不測の事態に備えてコクピットに狙いを付ける。無線は通じているはずだが、《デルタプラス》のコクピット・カバーが開く気配がない。銃殺されても文句を言えない己の立場を理解して——いや、同乗者の安全に配慮して、慎重を期しているのだろう。

思わず嘆息が漏れた。おそらくは上官に請われ、孤立する《ネェル・アーガマ》の救援を求めるメールを送って寄越した息子。急いで引き揚げる算段を整えてみれば、脱走騒ぎを起こして《ネェル・アーガマ》に舞い戻り、艦載機を乗り逃げして直接、懐に飛び込んできた。ジオンの姫君という、とんでもない同乗者とともに。

マスコミは押さえられても、鵜《う》の目鷹《たか》の目のダカールの住人はそうはいかない。事態は数日中に議員連中の知るところとなり、『ラプラスの箱』をめぐる評議会の対策に影響を与える結果になる。その謀議を告発し、遠ざかろうとしながら、渦の中心に身を寄せてしまうとは。『箱』の魔力か、と呟《つぶや》いた胸がずきりと疼《うず》き、ローナンは後ろ手に組んだ手のひらを握りしめた。

リディ。おまえは、いちばん来てはならないところに来てしまったんだぞ――。息苦しい胸中に続けてから、黙して《デルタプラス》を見つめる。その腹部のコクピット・カバーが開き、両手を挙げたパイロットが機内から出てくるのが見えた。もう三年も会っていない、しかし一見して息子のものとわかるパイロットスーツがタラップに降り立ち、注視する警備たちの前でヘルメットをぬぐ。その視線がふとこちらに向けられたように思い、ローナンは二度胸が疼くのを感じた。

※

警備たちの殺気を帯びた視線にさらされつつ、タラップを下りきって軍用エレカへ。むっと顔に吹きかかる濃厚な大気は、肌に馴染《なじ》んだ故郷の空気だった。背筋はのばしているものの、足取りがおぼつかないミネバを支えてエレカに乗り込んだリディは、遠ざかる《デルタプラス》を背に司令棟へと連行された。

長らく重力を忘れていた体がだるく、パイロットスーツの脇に汗が滲《にじ》んだ。ミネバも同様らしく、重いノーマルスーツを着た体をぐったりシートに沈み込ませている。子供の頃に一時滞在していたという話だが、宇宙生まれの宇宙移民者《スペースノイド》に地球の重力はきつい。スペースコロニーの遠心重力は、構造上の制約から1Gより0コンマ低く設定されており、そのわずかな差が重力に慣れているつもりの体をだるくさせるのだ。

リディにとっても、三年ぶりに味わう本物の重力――だが、早くも体が順応しつつあるのがわかる。広大な滑走路を吹き渡る風、周囲の木々や土の匂いを含んだ空気が細胞を賦《ふ》活《かっ》し、綱渡りを重ねた二日間の疲労を洗い流してゆく。なにより、この肌にまとわりつく湿気はどうだ。コロニーでは決して再現できない、南部アメリカの土と太陽が醸し出す湿った空気。帰ってきた、という思いが不意にわき上がり、リディは頭上の青空を見上げた。遮るなにものもない、無限に開かれた空が目の底に染み渡り、同時にうなじのアタッチメントに引っかけたヘルメットがこつんと音を立てた。

頭を起こし、背後を振り返る。うしろの席に座る警衛と目を合わせたリディは、音の正体を察してすぐに視線を逸《そ》らした。ヘルメットにぶつかったライフルを心持ち動かし、警衛も無言の顔を正面に戻す。気まずい空気は吹き抜ける風に押し流され、滑走路にこびりついたタイヤのゴムの臭いがリディの鼻をついた。

マーセナス家の名前を臆面《おくめん》もなく使ったせいか、ここまでは無事に来ることができたが、まだ安心できる状況ではない。警衛たちは慇懃《いんぎん》無礼の一線を保っているものの、その目の奥には敵性人物を監視する警戒の色がある。隣にいるのがザビ家の末裔《まつえい》だと知ったら、彼らはどのような反応を示すだろう。考えるともなしに考え、命令次第だよなと自答したリディは、軽く頭を振って緩みかけた気分を引き締めた。もう身内意識は通用しない。軍隊という、離れてみれば硬質で取りつく島のない組織を向こうに回し、事態を解決する道を探っていかねばならない。背負い直した覚悟の重さを肌身に感じながら、近づいてきた司令棟の建物をじっと凝視した。

味もそっけもない四階建てのビルと、隣接して聳《そび》える管制塔。滑走路脇に連なる格納庫《ハンガー》では、ジャンプスーツ姿の整備兵がばらされた機体を取り囲み、エプロン上のTINコッドIIは風防に受けた陽光をぎらりと閃《ひらめ》かせる。間断なく響き渡るジェットの轟音《ごうおん》といい、どこも変わり映えしない航空基地の光景だったが、この時は司令棟の前に明らかな異物が居座り、隠微に緊張した空気を基地全体に漂わせていた。

その異物と目が合った。滑走路の手前まで乗りつけたリムジンを背に、少し閑散としてきた金髪を風になびかせ、雁首《がんくび》をそろえた基地司令らとともにこちらを見つめている。アトランタへの移動を命じられた時から予想はしていたが、よもや本人が直接出迎えに来るとは。我知らず身を硬くしたリディを乗せ、軍用エレカは司令棟の前で停車した。素早く降り立った警備らに続いて、リディも三年ぶりの大地に足を着ける。

地面にめり込むような足を律し、居並ぶ制服の中では最上級の中将に視線を向ける。踵《かかと》を合わせ、挙手敬礼をすると、中将はむすっとした表情のまま答礼を寄越した。基地司令らも形ばかりの敬礼を返し、厄介者を背負い込んだという顔を隠しもせずにリディの背後を見遣《みや》る。彼らの視線からかばう意味も含めて、リディはエレカから降りようとしているミネバに手を差し出した。

異物――ローナン・マーセナスは、無言でこちらの挙動を注視している。将官たちの列から一歩退《ひ》いていても、彼がこの重苦しい空気の中心である事実は疑いようがない。リディはまっすぐそちらに歩み寄り、「お久しぶりです」と上官に向ける時の声を出した。ローナンは少し惑ったふうに視線を逸らし、「その方が？」とリディの背後に目をやる。リディが頷《うなず》くより早く、ミネバがすっと傍らに進み出て、

「ミネバ・ラオ・ザビと申します。ご子息のご厚意に甘えさせていただいております」

臆した様子は微塵《みじん》もなく、エメラルド色の瞳《ひとみ》をまっすぐローナンに据える。気圧《けお》されたように威儀を正したのは、周囲の将官たちも同じだった。中将たちが踵を合わせるのを見、ちょっと胸のすく気分を味わったリディは、日差しの下で輝くミネバの横顔をあらためて見つめた。間違いなく当人と認めたのか、「ローナン・マーセナスです」と右手を差し出したローナンの目に鈍い光が宿る。

「長旅でお疲れのことでしょう。防疫検査が終わり次第、拙宅にご案内いたします。どうぞこちらへ」

握手を交わしてから、中将の方に目配せをする。中将から基地司令へ、基地司令から司令付き幕僚へと中継された視線は、警衛隊の隊長に伝達されたところで底を打った。隊長に促され、司令棟の方に歩き始めたミネバと目を見交わしたリディは、同行したい衝動を

堪《こら》えてローナンと向き合った。

　やましいことはしていないし、家の名前に泥を塗るようなこともしていない。その場にある者の義務と責任を果たす――この二日間、胸に唱え続けた思いを込めて、自分と同じ色の瞳を見据える。空気を察したらしい中将たちが司令棟に引き返すのを尻目《しりめ》に、「言い訳はしないよ」とリディは口を開いた。

「なにがあっても、家の助けを借りるつもりなんてなかった。でも、今度だけは……」

「それを言い訳というんだ。話はあとで聞く。支度を急げ」

　耳慣れた声音を投げつけると、ローナンは背を向けた。物の道理を厳格にわきまえ、身内であっても情実には動かされない。常に結論と対処だけを述べよと言い、過程に横たわる個々の事情は容赦なく切り捨てようとする。昔と変わらぬ父の背中に、多少はあった感傷的な気分は溶けて流れた。「は！」と嫌みたらしく敬礼したリディは、立ち止まったローナンが振り向くより先に踵を返した。

　なにを期待していたんだ、おれは。これからこの難物と渡り合い、ミネバの安全を確保しなければならないというのに。裏切られたように感じている自分に戸惑い、腹を立てながら、リディは司令棟の入口へと向かった。背中に突き刺さっていた視線はすぐに消え、リムジンのドアが閉まる音が背後で発する。滑走路の向こうでぽつねんと跪く《デルタプラス》が、湿った大気の底で途方に暮れているように見えた。

※

「ミネバ様が地球に下りられた？」

思わずおうむ返しにしてから、アンジェロ・ザウパーは至急電の紙片に目を落とした。

「共和国経由の情報です」と、情報本部付きの士官が応《こた》える。

「議員特権で、地球の防衛ラインをすり抜けた連邦のモビルスーツがいます。おそらくはそれにお乗りになっていたのかと」

「陽動ではないのか？　内密に移送するのに、わざわざ騒ぎを大きくするようなことを……」

ジオン共和国経由で送られてきた情報なら、発信源は連邦中央議会に潜むネオ・ジオンのシンパ議員か、もしくは〝安定した緊張〟を望む軍需産業のロビイストということになる。信頼のおける情報と言えたが、故意に筒抜けになるように仕組んだとしか思えない、この杜撰《ずさん》な移送方法を選択した意図はなにか。断片的な情報しか記されていない至急電を凝視し、《レウルーラ》のブリッジを漂ったアンジェロは、「まさかな」と発した声に背後を振り返った。

「偽情報を流して、我々をおびき寄せようというのでもあるまい。連邦にもいろいろ事情があるのさ」

そう言うと、真紅の制服を翻した長身が床を蹴《け》り、ブリッジ全体を見渡す司令席に収まる。「艦長、《木馬もどき》の位置は？」と続いたフル・フロンタルの声に、隣の艦長席に収まるヒル大佐が肘掛《ひじか》けの操作盤に手をやった。

「間もなく静止衛星軌道に差しかかります。〈ルナツー〉に向かうにしては妙なコースですね。このままですと地球の周回軌道に乗ります」

正面の航法用スクリーンに、放物線軌道を描く《木馬もどき》――《ネェル・アーガマ》の予測針路が投影され、それを追尾する《ガランシェール》の位置、暗礁宙域内に潜伏する《レウルーラ》の現在位置が相次いで表示される。〈パラオ〉を放棄してから二日、すでに地球の絶対防衛線上に侵入した《ガランシェール》は、確実に《木馬もどき》の動きをトレースしてくれている。敵は〈ルナツー〉に直行せず、地球軌道上に寄り道をするということだ。「やはりな。指定座標に向かうか」と呟《つぶや》いたフロンタルは、仮面の下の口もとをにやと歪《ゆが》めたのも一瞬、至急電を手にしたままのアンジェロに視線を据えた。

「仕掛けてみるか？　アンジェロ」

不意に話を振られ、「は！」と咄嗟《とっさ》に応じた体に電流が走った。手近な壁を蹴り、オペレーター席に体を流したアンジェロは、当直要員を押し退けるようにして管制盤を操作した。敵艦までの距離、艦載戦力のスペックと整備状況。それらを同一画面上に呼び出し、実施可能なプランに基づいておおよその試算をする。

「シャクルズにブースターを履かせれば、この距離なら十時間弱で到達できます。モビルスーツのみの単独行になりますが」

暗礁宙域に分散・潜伏している艦隊を動かすには、時間とコストが掛かりすぎるし、なにより連邦軍との全面衝突というリスクが伴う。《木馬もどき》のみを狙うなら、モビルスーツ隊による一点突破で事は足りる。問題は足をどうするかだが、サブ・フライト・システムのシャクルズに大容量のプロペラント・タンクを装備すれば、片道行はなんとかなる。作戦後の回収は《ガランシェール》に任せれば済むことだ。

三十秒とかからずに試算を終え、結論を導き出したアンジェロは、「よし。出撃準備だ」と即座に言ったフロンタルを肩ごしに振り返った。繋《つな》がっている、という実感が胸を沸き立たせるうちに、「大佐」とヒルが咎《とが》める声を差し挟む。

「《ガランシェール》が中継していれば、サイコ・モニターはここからでも受信できます。お出になる必要はないかと」

「ただ待つというのは性に合わん。それに《ユニコーン》のNT－Dを発動させるには、呼び水となる敵が必要だ」

その役を果たせるのは、サイコミュを装備した《シナンジュ》をおいて他にない。言外に付け足し、早くも司令席を蹴ったフロンタルの背中を、半ばあきらめた顔のヒルが見送る。「あなたは総帥の立場にある方なんですから……」と振りかけられた小言を気にする素振りもなく、フロンタルはブリッジ全体に通る声を出した。

「ミネバ様がいらっしゃらないのなら、《木馬もどき》は沈めてもかまわん。ラプラス・プログラムの封印を解いた上で、《ユニコーンガンダム》を再度確保する」

決定を告げる声音だった。一瞬、《木馬もどき》の虜《とりこ》になったマリーダ・クルスの横顔が脳裏をよぎったが、沸き立つ胸を抑えるほどのものではなかった。「は！」とアンジェロは率先して踵《かかと》を合わせた。

「今度はハズレということはあるまい。指定座標は、ラプラスの封印を解くにはできすぎの場所だ」

航法スクリーンに表示された座標データを見つめつつ、フロンタルが言う。異論はなかった。ラプラス・プログラムが指示した座標――地球から二百キロと離れていない、宙域とも呼べない低軌道上の空間は、ある歴史的遺物が日々交差するポイントでもある。宇宙世紀始まりの地、首相官邸〈ラプラス〉。百年の昔に砕け散ったそれは、一部の残骸《ざんがい》がいまなお残り、一種の観光名所となって低軌道上を巡り続けているのだった。

連邦政府を覆すと言われる『ラプラスの箱』と、絶対零度の真空を漂う〈ラプラス〉の亡霊。両者の関連を推測するのもバカらしく、質《たち》の悪い冗談と断じたアンジェロは、それでも這《は》い上がってくる冷気にひとり生唾《なまつば》を飲み下した。スクリーン上に示された〈La

十〉の座標はなにも語らず、血のように赤いサインをゆっくり点滅させていた。

2

宇宙世紀００７９《ダブルオーセブンティナイン》、一月十日。その日、地上に空が落ちてきた。ジオン公国軍の手によって、スペースコロニーが地球に落下させられたのだ。

旧世紀に没落した覇権国家に地球連邦の運命をなぞらえ、ブリティッシュ作戦と命名された〝コロニー落とし〟作戦は、同月三日から始まったジオン独立戦争の最初の総決算だった。宣戦布告からわずか三秒後、かねてより展開中の艦隊をもって一斉攻撃を開始した公国軍は、たちどころに三つのサイドを殲滅《せんめつ》。突然の侵攻に慌てふためき、戦力の糾合《きゅうごう》を急ぐ連邦軍を尻目《しりめ》に、〝爆弾〟となるスペースコロニーの移送作業に取りかかった。

地球と月の重力均衡点、ラグランジュ・ポイントに建設されたコロニーは、軌道速度をわずかに増減させただけで均衡点から逸脱する。〝爆弾〟に選ばれたサイド2の〈アイランド・イフッシュ〉には核パルス・エンジンが取りつけられ、数時間の噴射によって軌道速度を減殺された結果、正規の軌道を外れて自由落下運動に入った。

重力の虜となったコロニーが、月を半周して地球に落着するまで五日あまり。当然、連邦軍は全力でこれの阻止に当たったが、コロニーに随伴する公国軍艦隊を打ち破るには至らなかった。いまだモビルスーツの存在を知らず、ミノフスキー粒子の戦術的応用も確立していなかった当時の連邦軍にとって、三倍以上の戦力的優位は優位になり得なかったのだ。

一つ目《モノアイ》の《ザク》たちが見守る中、コロニーはその巨体を大気圏に触れさせた。全長三十キロ、直径六キロ以上の円筒に三枚の巨大なミラーを備えた鉄の塊は、直立させれば楽に成層圏を突き抜ける。摩擦熱で炙《あぶ》られたコロニーは大質量の火球と化し、大気層は未曾《みぞ》有《う》の衝撃に打ち震えた。剝落《はくらく》した外壁は灼熱《しゃくねつ》する流星雨となって地上に降り注ぎ、黒々と天を覆う爆煙の軌跡に沿って破壊の足跡を刻み込んだ。

連邦軍にとって幸運だったのは、数日間の攻防戦でコロニーが損耗してくれていたことだ。当初、南米はジャブローの連邦軍本部を直撃する予定だったコロニーは、アフリカ上空から大気圏に突入して間もなく、アラビア半島上空で空中分解を起こした。その筐体《きょうたい》は大きく三つに分断され、ひとつはオーストラリアに、ひとつは太平洋上に、ひとつは北米に落下した。ジャブローは結果的に難を逃れ、連邦軍は後の反攻作戦を支える砦《とりで》を失わずに済んだが、コロニー落としの惨禍がそれで緩和されるものではなかった。

大質量爆弾と化したコロニーの破壊力は、中世紀に日本の都市を焼いた最初期の核兵器——ヒロシマ型原子爆弾に換算して、約三百万発分とも言われる。分断された三つの破片のうち、もっとも大きいものはオーストラリアに流れ、秒速十一キロの速度でシドニーに衝突した。天を覆って降下するコロニーの様子は、現地や近隣の都市から複数のカメラに捉《とら》えられ、『空が落ちてくる』恐怖の瞬間を後世の人々に知らしめた。落着の衝撃はシドニーを一瞬で消滅させ、厚さ十キロの地殻を貫き、手始めにマグニチュード九・五という空前の地震を惹起《じゃっき》した。メルボルンで震度九を観測した大地震は、オーストラリア大陸全域を揺さぶり、造山活動によって噴出したマグマは大陸東岸の形状を大幅に変えた。オーストラリア大陸は十六パーセントが水没し、総面積の三分の一に壊滅的な打撃を被ったが、それはコロニー落としがもたらした一次被害の一部分に過ぎなかった。なにしろ落下した瞬間、コロニーは地球そのものの動きに影響を与え、自転速度を一時間あたり一・二秒加速させていたのだ。

オーストラリアのような地殻変動には見舞われなかったものの、北米大陸も四分の一が壊滅した。太平洋に落着した破片は大津波を引き起こし、インド洋まで含む沿岸地域に甚大な被害をもたらした。これに大気圏通過と落着時の衝撃波が相乗し、有史以来の暴風が全地球規模で吹き荒れれば、世界の終焉《しゅうえん》はかくあろうという混乱が地球に住む人々を襲った。

津波と暴風は一週間以上にわたって全土を蹂躙《じゅうりん》し、気象異常はその後も六年間は収まらなかった。低下傾向にあった南極圏の気温は一気に上昇し、世界中の海面水位を引き上げた他、海流異常による気候変動が湿地帯と砂漠地帯の拡大を促した。新たに大量の生物が絶滅種に加わり、疫病の流行と難民による暴動が戦後何年も続いた。一説には二十億人とも言われる死者・行方不明者の数は、現在に至るも正確には把握しきれていないという。

　三日の開戦から数えて、ちょうど一週間。ジオン独立戦争の緒戦を飾った一週間戦争は、ジャブロー本部の破壊失敗という痛手を残しながらも、その後一年にわたって戦争を継続させるだけの戦果を公国軍にもたらした。以後、人類史上最大の艦隊戦となったルウム戦役の勝利を経て、公国軍は地球侵攻作戦を開始。北米のニューヤークに置かれた地球方面軍本部を中心に、全世界にその版図を押し拡げていった。

　大気上層まで噴き上げられた塵芥《じんかい》が流星雨になって降り注ぐ中、荒れ果てた大地を闊歩《かっぽ》する一つ目の巨人たち。その光景が、地球居住者《アースノイド》にいかなる心象を与えたかは想像に難くない。自分たちとは常識も価値観も異なる悪魔の襲来――大地で生まれた人間には発想し得ない破壊を為したという意味において、まさしく宇宙人の侵略に見えたのではないだろうか。

　国力にして百倍の開きがある地球連邦を相手に、ジオン公国が選び得た戦略の数は多くない。棄民政策であった宇宙移民の歴史、独立自治を訴えて踏みにじられてきた宇宙移民《スペースノ》者《イド》の刻苦。いずれも真実であり、斟酌《しんしゃく》の余地はあると認めた上でなお、ジオンは史上最悪の殺戮《きつりく》集団であるという現実は拭《ぬぐ》いがたく残る。

　戦後もジオン残党の手によってコロニー落としが実行され、三年前には鉱物資源衛星の

〈フィフス・ルナ〉がチベットのラサに落着、当時の連邦政府の首府を潰滅《かいめつ》せしめた。その悪逆無道がもたらした惨禍、アースノイドの心に深く刻み込まれたトラウマの前には、スペースノイドの主張も立場も霞《かす》む。いまだ夥《おびただ》しい微粒子が滞留し、西陽が血のように赤く見える地球の空のように――。


生い茂る木々が頭上に覆い被《かぶ》さり、流れる空を見えなくした。

思い思いに枝を伸ばす沿道の木々は、車道の上にまで緑葉を茂らせている。どこまでも連なる緑の回廊が目にまぶしく、ミネバは車窓に顔を押しつけるようにして外の光景を眺め続けた。白やピンクの花を付けているのはハナミズキ、宿り木から蔓《つる》を垂らしているのはクズだろうか？　上空から見えたコロニー落としの爪痕《つめあと》をよそに、ここには南部アメリカ特有の植生が残っている。温暖な気候と、緩やかに低地を流れる小川《バイユー》に育《はぐく》まれ、たっぷり水気を含んだ花や緑が陽光の下でさんざめいている。

アトランタ海軍航空基地で防疫検査を済ませ、このリムジン・タイプのエレカに乗り込んで一時間半が経つ。そこここに戦災の傷を残しながらも、都市らしい景観を保ったアトランタの街並みはとうに過ぎ去り、いま目の前にあるのは森林の中を蛇行する狭い間道だった。トウモロコシ畑が地平線まで連なる一帯を抜けて以来、対向する車は一台も見かけず、ぽつぽつとあった農家や民家も姿を消して久しい。ひょっとしたら、ここはすでにマーセナス家の敷地の中なのかもしれない。鬱蒼《うっそう》と茂る樹木に、壁という言葉を重ね合わせながら、ミネバは隣に座るリディの横顔を窺《うかが》ってみた。

窓外を流れる緑には目もくれず、寡黙な顔を正面に向けている。《デルタプラス》で大気圏に突入した時と同じくらい——いや、それ以上にぴりぴりしているリディの斜向《はすむ》かいでは、これも寡黙なローナンがへの字に口を引き結んでおり、ノート端末に落とした目を上げようとしない。車中で交わされた会話といえば、「母さんは?」「スイスの療養所《サナトリウム》だ」のみで、あとはひたすら重苦しい沈黙が両者の間に横たわっているのだった。

気軽に近況を話し合える状況ではないし、〝家〟に背を向けてきたリディの立場も承知の上だが、いっそ他人同士の方がまだ気が楽と思える、この奇妙に湿った沈黙はいったいなんなのか。互いに社会に出るようになれば、他人以上に相手の至らなさが目に付き、衝突を避けるために線を引いてしまうのが父子の関係というものなのか。物心つく前に両親を亡くした身にわかることではなく、ミネバは嘆息を堪《こら》えて窓外に目を戻した。緑の回廊は次第に濃度を落とし、オークの木立ちの向こうに開けた草原が見えてくると、チューダー朝様式の広大な邸宅が視界に入るようになった。

コリント式の装飾が施されたギリシャ神殿風の玄関と、左右に連なる三階建ての母屋からなる外観は、〈メガラニカ〉の中で見たビスト財団の屋敷と大きく変わらない。どちらも耐えてきた年月の重みを湛《たた》え、ジオンの復古調とは根本が異なる存在感を放っていたが、目の前の屋敷から漂ってくるこの寒々しい空気はなんだろう。湿った大地に深く長く根づき、何者にも動かされまいと身構えているような。ここに在ることの特権を隠しもひけらかしもせず、よそ者は頭を低くしていろと無言で威圧するような。いまだ1Gの重力に慣れない体に寒気が走り、ミネバはブラウスに包まれた腕を胸の前にかき合わせた。

宇宙になど目もくれず、旧世紀からの伝統を依怙地《いこじ》に守り続けている屋敷と、そこに住まう特権階級の人々。どこにわかりあう余地が――。

「『風と共に去りぬ』って、知ってるかい？」

リディが不意に口を開き、ミネバはろくに考える間もなく頷《うなず》いた。読んだことはないが、映画にもなった中世紀の古典文学のひとつだ。リディは窓の外に視線を飛ばし、

「あれの舞台になってるのが、このあたりだ。温暖な気候、よく肥えた大地、大富豪の農園主。その繁栄は、アフリカからさらってきた黒人奴隷によって支えられていた」

膝上《ひざうえ》のノート端末から顔を上げ、ローナンがちらと老眼鏡ごしの目を寄越す。リディは窓に向けた顔を動かさず、「皮肉だよな」と自嘲《じちょう》めいた声で続けた。

「宇宙移民政策の親玉、移民問題評議会の議長が、奴隷制度で成り立ってきた南部に住んでるってのは」

この繁栄も復興も、スペースノイドからの搾取によって成り立っているもの――子供にもわかる嫌味で車内の空気を重くすると、リディはローナンと目を合わせることなく口を

閉じた。ため息ともつかない鼻息を漏らし、ローナンも再びノート端末に顔を戻す。同じ面差しを持つ二人の男を見較べ、所在ない気分を新たにしたミネバは、赤みを帯び始めた西の空に視線を逃がした。

木立ちの切れ間に設けられた門をくぐり、リムジンは屋敷の中庭へと入ってゆく。ほとんど同時にローター音が頭上を行き過ぎ、上空をパスするヘリコプターの機影をミネバの網膜に焼きつけた。基地に帰投するのではあるまい。自分の奪還を目論《もくろ》むネオ・ジオンのゲリラを警戒して、彼らは夜通しこの森のパトロールを続けるはずだ。機首に機銃の砲身を突き出した戦闘ヘリの他に、屋敷の周囲に潜んでいる警護の数は何人――。自分という異物を受け入れ、静かに殺気立っている森の気配を感じながら、ミネバは間近に迫ったマーセナス邸を見上げた。玄関前の三角屋根を飾る鳥の彫像が、本物のクロコンドルだとわかるまでに数秒の時間を要した。

家の格式が本物かどうかは、執事の質によって決まるものだ。その点、マーセナス家が見掛け倒しでないことは、車寄せまで迎えに出た執事の物腰が証明していた。

「お帰りなさいまし」と頭を深く垂れた老執事に、「久しぶりだね、ドワイヨン」と返したリディは、地球に下りて以来、こわ張りっぱなしだった顔を少しだけほころばせてみせた。ドワイヨンと呼ばれた執事はひたすら頭を垂れるばかりで、ろくに表情は窺えなかったが、その肩が感極まって震えているさまはミネバにも見て取れた。家人の権威を笠《かさ》に着る執事は多いが、家人のために本心から泣ける執事は少ない。そのくせ、不用意に立ち入ることはせず、一定の距離を置いて家人に付き従う折り目正しさは、一級の家と一級の執事の間でのみ働く磁力の為せる業だった。

アーチ状の玄関をくぐった先は吹き抜けのホールで、二階の窓から差し込む夕陽が磨き抜かれた床に反射していた。外観同様、造りも大きさもビスト邸のそれと大差はない。落ち武者の砦《とりで》とはいえ、王宮と言って差し支えのない公館で育ったミネバを気後れさせるほどのものではなかったが、時間をかぶった柱や壁、調度品の数々は、やはりよそ者を萎縮《いしゅく》させる空気を放っているように思えた。

古びても垢《あか》ぬけた印象のあったビスト邸と違って、ここにはすべてのものが自己の血統を訴え、頑《かたく》なに変化を拒む息苦しさがある。そんな感じ方は、この家で育ったリディも同じなのだろう。屋内に充満する空気を振り払い、なにも視界に留めずに歩き続ける背中を追って、ミネバはホールの左手にある扉をくぐった。十人がけのテーブルが置かれた食堂室を抜け、屋敷の奥に続く廊下へ。そこは左右の壁に絵画を飾った画廊になっており、抑えた照明の下、写真と見紛《みまが》うほど精緻《せいち》な肖像画が一行を待っていた。

最初の一枚を見て、足が止まった。複数の人種が入り混じっていると思える肌に、理知と情熱が半々といった茶色の瞳《ひとみ》を持つ六十がらみの男。歴史の講義で何度となく目にした顔だが、こうしてあらためて見るその面差しは、リディのそれに重なる部分がないではない。「リカルド・マーセナス。連邦政府初代首相です」とローナンが説明の口を開き、ミネバは声もなく肖像画を見上げ続けた。

「あちらは三代目首相のジョルジュ・マーセナス。わたしの曾祖父《そうそふ》に当たります。歴史物の映画や本では、もっぱらリカルド・ジュニアで通っていますが」

微《かす》かに笑い、ローナンは廊下の奥まで続く肖像画の列を目で示した。「初代のリカルドは不幸にして暗殺されましたが、マーセナス家の人間は代々政府の要職に就いてきました。地球連邦政府の歴史は、我々の家の歴史でもある。国家の礎たることを宿命づけられた一族……と言っていいでしょう」

気負いも衒《てら》いもない、ただ事実を伝える淡々とした声音だった。薄暗い廊下にひんやりとした冷気が降り、物言わぬ肖像画たちが身じろぎするのを幻視したミネバは、この屋敷が放つ威圧感の源がわかったような気がした。

連邦の歴史を体現し、この時の回廊に居並ぶマーセナス家の先祖たち。彼らだ。彼ら連邦の番人たちが、自分という異物の侵入に神経をとがらせている。敵たる国家の忘れ形見を睨《ね》め回し、悪意に近い波動を押しつけている――。

「そうすることで生き延びてきたって話さ」

リディが言う。ミネバは、我に返った思いでその横顔を見た。

「初代を官邸ごと爆破したのは、連邦制に反対する分離主義者だってことになってるけど、本当はどうだかわかったもんじゃない。リベラルで理想主義な首相が邪魔になって、政府の保守勢力が企てたことだとも言われている。中世紀に、アメリカのなんとかいう大統領が暗殺されたのと同じ理屈だ」

肖像画を見上げる横顔が険しさを帯び、一族の末裔《まつえい》にして反逆児の存在を時の回廊に浮き立たせる。むっと口を引き結んだローナンをよそに、リディは硬い声で続けた。

「官邸爆破テロ……『ラプラス事件』は、分離主義者を一掃したい連邦にとって格好の口実になった。リメンバー・ラプラス、卑劣なテロリストどもを許すな。哀れな分離主義者はたちまち殲滅《せんめつ》されて、連邦政府は地球上の紛争を一掃することができた。その間、我らがマーセナス家はなにをしてきたか。初代を暗殺した保守勢力にすり寄って、一族ごと排除される危険をどうにか免れた。副首相が臨時に二代目を務めたあと、国民の圧倒的支持で当選したリカルド・ジュニアが三代目首相になって、父親の仇《かたき》であるテロリストを根こそぎにした。作られた美談、作られたヒーローってやつさ。その後もマーセナス家の面々は――」

「やめないか」

鋭い一喝が時の回廊を揺らし、先の言葉を吹き散らした。肖像画たちが息をひそめ、彼らの末裔をじっと見つめる中、ローナンの冷えきった視線が押し黙るリディに注がれる。

「世界は陰謀で回っている、か？　くだらん本の読みすぎだ。政治とはそう単純なものではない。逃げ出したおまえにはわからんことがたくさんある」

無言で目を背けたリディは、確かに子供としか見えない頑なな横顔だった。親に甘える、叱られるというのは、こういうことなのかもしれない。漫然と思いつく間に、「ミネバさん」と言ったローナンの目がこちらに振り向けられ、ミネバは多少慌ててその顔を見返した。

「詳しいお話はこれから聞くとしても、ここにひとりで来られたあなたの勇気には敬意を表します。あなたが不当に扱われることがないよう、わたしの名誉にかけて最善の努力をするつもりです」

真摯《しんし》な、しかし鋭い光がローナンの目に宿り、気圧《けお》された胸の底をざわめかせた。「そう仰《おつしや》っていただけると、うれしい」と立場に見合った声を返し、ミネバは公用の笑みを頰に浮かべた。

「不幸な過去は過去として、前向きな話し合いができればと思っております。私もそのための努力は惜しみません」

笑い返そうとしたのも一瞬、ローナンは不意に顔を伏せ、視線を逸《そ》らした。「ですが、これだけは知っておいていただきたい」と続いた声に、ミネバはひやりとしたものを感じた。

「連邦政府といえども、決して盤石ではない。我々マーセナス家の人間は、代々連邦を守り、尽くしてこなければならなかった。あなたがジオンという国家を体現するように」ならなかった、という言い方に苦悶《くもん》が差し込み、線を引かれた虚《むな》しさが胸中を冷たくした。「父さん……」と戸惑う声を出したリディの顔を見ることなく、ローナンは薄闇に並ぶ肖像画の列に遠い目を向けた。

「連邦はまだ若い。生まれて百五十年にも満たない未熟な国家なのです。誰かが……誰かが、守っていかなければ」

※

戦時中、ジオンの占領軍でさえ接収を遠慮したマーセナス邸だけに、この執務室には歴史的価値の高い調度がたくさんある。執務机は先々代の頃から使われているものだし、作りつけの書棚は屋敷と同い年の一世紀物だ。コロニー落としの地震で落下したというシャンデリアも、わざわざ製造当時の部品を調達して修復され、いまだ現役として天井から吊《つ》り下がっている。

続き部屋の書斎ともども、子供の目には世界の秘密を溜《た》め込んでいるように見えた執務室——この程度の広さだったか？　七メートル四方の室内を見回し、記憶とのギャップを訝《いぶか》ったリディは、ようはそれくらい縁遠い場所だったのだ、と結論して苦笑した。

子供の頃は何度となく出入りし、父の膝《ひざ》の上で偉大な父祖たちの話を聞いていた身が、いつからかここには近づかなくなった。膝の上に乗る歳ではなくなったということもあるし、祖父の地盤を継いだ父が、上院議員として多忙を極めるようになったということもある。が、最大の理由は、分刻みのスケジュールで動く父の中から、自分や家族の存在が閉め出されたことに尽きるだろう。

年のほとんどをダカールの議員会館で過ごし、地元に戻ったら戻ったで後援会への根回し、陳情処理、連日のパーティーと遊説旅行。各種のファンドに投資し、同族会社の運営にも目を配らなければならない中央議会議員にとって、家族は世間体を担保する人質でしかない。自分とミネバを引き受けたのも……と思考を繋《つな》げ、また頭が熱しかけている自分に気づいたリディは、軽く頭を振って無為な思考を振り払った。

落ち着け、と胸中に念じ、来客用のソファに腰を据え直す。せっかくここまでたどり着けたのに、つい突っ掛かるような口を開いて立場を悪くしてしまっている。身内のスキャンダルを表沙汰《おもてざた》にするより、まずは懐に引き入れ、政治的に利用できるか否かを判断する――父の行動は端《はな》から計算済みだし、そういう相手だとわかっているから、自分はこんな無茶を仕掛けたのだ。もうこの家の空気にいら立つ資格はないし、父を批判する権利もない。自分自身、家の伝統に則《のっと》り、政治的に立ち回ろうとしているのだから。

時刻は午後四時半。ミネバは客室で休息をとっている。この執務室で自分に待つよう命じた父は、この間にも軍や評議会と連絡を取り合い、善後策を協議しているのだろう。まずはミネバの安全を確保し、『ラプラスの箱』に関する参謀本部の謀議を直訴。可及的速やかに議会に働きかけてもらい、《ネェル・アーガマ》を保護する算段を整える。頭に詰まった懸案事項を反芻《はんすう》し、どこからどう切り出すかと思案したリディは、唐突に発したノックの音にぴくりと肩を震わせた。

父がノックをするわけはない、と思いつくまでに、「失礼いたします」と告げたドワイヨンがドアを開けていた。磨き抜かれた革靴が音もなく絨毯《じゅうたん》の上を滑り、応接テーブルにコーヒーカップを置く。ポットから注がれるコーヒーの芳香を嗅《か》ぎ、こわ張った神経がほぐれるのを感じたリディは、ほとんど親代わりと言っていい老執事の顔をあらためて見上げた。「ありがとう」と言うと、ドワイヨンはぴったり撫《な》でつけた白髪頭を伏せ、「よくご無事で……」としわがれた声を詰まらせた。

「嫌だな。すっかり年寄りじみちゃって」

「年寄りでございますよ、もう十分に。旦那《だんな》様も、どれだけご心配されたことか……」

「親父が？」

「当然でございましょう、ご長男が軍のパイロットだなんて。わたくしも、紛争のニュースを聞くたびにひやひやして」

眼鏡を外し、ドワイヨンはハンカチでさっと目頭を拭《ぬぐ》いながら言う。「大げさだな」と応じながらも、三年分の不実を突きつけられた心中は穏やかではなく、リディはコーヒーに口をつけてそれ以上の発言は避けた。「大げさなものですか」と、ドワイヨンは萎《しな》びた顔を仄《ほの》かに紅潮させる。

「リディ様。ここだけの話ですが、旦那様はお体の加減があまりよろしくないのです」

「……心臓か？」

「ええ。ダカールへの再遷都やらなにやらで、この三年はろくに休養をとる暇もなく……。リディ様、わたくしももう先は長くありません。家に戻ってきてはいただけないでしょうか？」

不意打ちのひと言だった。リディは制服の詰襟に手をやり、微《かす》かに熱を帯びたドワイヨンの目を見ないようにした。

「差し出がましいことと承知しておりますが、このドワイヨン、一生のお願いでございます。どうか旦那様をお助けして――」

「放蕩《ほうとう》息子のご帰還ね」

突然、まったく別の声が振りかけられ、リディとドワイヨンは同時にドアの方を振り返った。押し開けたドアに手を当て、輝くブロンドをショートにまとめた女性が悪戯《いたずら》っぽい笑みを浮かべていた。

「姉さん……！　いたのか」

「そりゃあね。誰かさんと違って、ここは自分の家だと思ってますから」

　皮肉ともつかない声を返しつつ、シンシア・マーセナスは執務室に足を踏み入れてきた。素早くうしろに退がったドワイヨンをちらと見、中腰になったリディを押し戻すようにソファに掛けながら、「どれ、よく顔を見せなさい」などと言って両手で頭をつかんでくる。その物腰も、現れただけで場の空気を一変させる生来の華やかさも、六つ違いの姉のものに違いなかった。「ふうん。少しは骨っぽくなったかな？」と言ったシンシアに、「姉さんこそ、有閑マダムが板についてきたぜ」とやり返したリディは、当惑半分、懐かしさ半分の思いで目の前の顔から視線を逸らした。

　幼い頃から才色兼備ともてはやされ、自他ともに認める社交界の華であった一方、人一倍シビアで進歩的な気風の持ち主でもあったシンシア。学生時代にありとあらゆる資格を身に付け、これはおとなしく家に収まるタマではあるまいと周囲に囁《ささや》かれながら、卒業後は父の勧める縁談にあっさり従う天《あま》の邪鬼《じゃく》ぶりを見せつけた。本人曰《いわ》く、『できると証明できたから気が済んだ』のだそうだが、いくらでもあった人生の選択肢を蹴《け》り、血族社会に身を委《ゆだ》ねた女の心中は言うほど簡単ではあるまい。政治の毒が体に廻《めぐ》ったせいか、自宅とサナトリウムを往復するのに人生を費やし、妻としても親としても責任を果たそうとしなかった母に対する反感。名前と見た目だけでちやほやされる十代を経て、逆に根深く居座るようになった姉なりの憂鬱《ゆううつ》と反骨。そういったものが複合的に作用した結果に違いないが、だからといって宗旨替えはせず、自由闊達《かったつ》な心根を失っていないのがシンシアという女だった。

自分が家を出られたのも、姉夫婦という新しい柱の存在に拠《よ》るところが大きい。そつなくスーツを着こなし、化粧顔に香水を漂わせるシンシアは、いまや名実ともにマーセナス家の女になったようで、逃げ出した身としてはまぶしいやら寂しいやら、とにかくまともに顔を見られないというのがリディの本音ではあった。どこまでその心理を把握しているものか、シンシアは弟のいたたまれない顔をまじまじと眺め、「ドワイヨンに泣きつかれてたんでしょ。家に帰ってこいって」などと鋭い一声をかけてきた。

「立ち聞きしてたのか？」

「やっぱりね。図星」

にんまり笑ったシンシアの背後で、ドワイヨンが恐縮しきった顔をうつむける。そんな当て推量が通るくらい、父の体は弱っているということか。つっと冷たいものが胸に差し込むのを感じたリディは、「でもね、リディ。少し考えてみてくれない？」と続いたシンシアの言葉に、膝上の手のひらを握りしめた。

「跡継ぎのことなら、パトリック義兄《にい》さんが修業中なんだろ？　もうじき地方選に出馬するって……」

「まあね。私がここに来たのも、その準備のため。旦那と一緒に地方回りってやつ。でもいくら入り婿だって言っても、パトリックはマーセナス家の人間ではないわ」

断定する声音が、父のそれに重なって聞こえた。「意外だな。姉さんがそんな言い方……」と体を離したリディに、「政治の世界に首を突っ込むと、嫌でもこうなるのよ」とシンシアは肩をすくめてみせた。

「ああいう人だから表には出さないけど、父さんもそれを望んでるわ。このままパトリックが跡を継いだら、百年以上続いたマーセナス家の地盤に別の血が入り込むことになる。正直、パトリックも政治家の柄じゃないのよね。あんたが戻ってきてくれたら……」

「おれだって柄じゃないよ」

家の空気、あの不快な湿度が絡みついてくる。リディは振り払う声を出し、シンシアから顔を背けた。

「新しい血が地盤を継げば、家の空気も少しは入れ替わるさ。姉さんだって嫌いだったろ？　この湿っぽい空気……」

無論、シンシアの言わんとすることもわからないではない。地元有力企業の次男坊、いまはマーセナス家の入り婿として父の第一秘書を務める義兄は、およそ野心という言葉とは縁遠い。人と争うことと言ったらスポーツしか思いつかない、よくも悪くも人当たりのいい男だ。その人畜無害ぶりが入り婿の資質に適《かな》ったのであって、政治家一族の跡継ぎとしては買われていないことも承知なら、それを知った上で逃げ出した自分の不実も承知。思わぬ番狂わせが父の心臓にも負担をかけたのだろうが、ではどうすればよかったのか。パイロットになる夢は夢として、この不快な湿度に身を浸していればよかったのか。自由闊達であった姉さえ取り込み、伝統だの血筋だのといった言葉を当たり前のように口にさせる、逃れようのない湿度に――。

ふっと笑い、ひとさし指でリディの額を小突くと、「変わらんね、君は」とシンシアは言った。身内の温もりを実感させる声が痛く、リディは合わせられない目を床に落とし続けた。

「ね、あの娘《こ》、なんていうの？」

「え？」

「あんたが連れてきた娘よ。可愛い娘じゃない。何者？」

二度目の不意打ちに、今度は心臓が音を立てて鳴った。シンシアも、ドワイヨンも、自分の突然の帰郷の理由を知らない。この家を取り囲む複数の視線、遠くに聞こえるヘリのローター音が意味するところに気づいていない。「ああ、あの……オードリー・バーンだよ」とリディは咄嗟《とっさ》に答えた。

「アナハイムの大株主の娘で、観艦式の時に知り合って……」

「バーン？ 知らない名前ね」

資産家の氏素性は百も諳《そら》じているのだろう頭をかしげ、眉《まゆ》をひそめたのも一瞬、シンシアは再びにたりと口もとを緩めた。「ま、二人の関係を詮索《せんさく》するのはあとの楽しみにするわ。今晩は泊まっていけるんでしょ？」

「ああ……」

「これから、後援会の奥さん連中を呼んでディナーパーティーをするの。あんたとオードリーさんも出席するといいわ」

「パーティー用の服なんか用意してないよ」

「オードリーさんには私のを貸すわ。あんたはその軍服でＯＫ。モテるわよ、刺激に飢えた有閑マダムどもに」

胸のモビルスーツ徽章《きしょう》を指でつつき、ドワイヨンの方に振り返る。「頼むわね、ドワイヨン」と言ったシンシアに、「はい。コックに腕によりをかけるよう伝えます」と微笑を返したあと、ドワイヨンは少し苦味の差した顔をうつむけた。

「これで奥様がいらしたら、久しぶりに一家そろっての食卓になるのですが……」

しんみりと流れた声音に、シンシアも苦味の混じった笑みを浮かべる。なにを拒絶したところで、この家で共有した十数年の歳月は変えようがないということか。西日が差し込む窓に目を泳がせ、壁に飾られた家族写真を見るともなしに眺めたリディは、「いなくて幸いだ」と割って入った声に身をこわ張らせた。

「こんな騒ぎを知ったら、治る病気も治らなくなる」

開いたままのドアをくぐり、誰とも目を合わせずに執務机の方に向かう。ほぐれかけた胸が瞬時に硬化するのを自覚しながら、リディは姿勢を正して父の背中を見つめた。両者を交互に見、「どういうこと？」と言ったシンシアがソファから立ち上がる。ローナンは肩ごしにそれを見遣《みや》り、

「あとで話す。……パトリック、頼む」

含んだ声に、戸口に立つパトリックが「はい」と重苦しい顔で応《こた》える。義兄はすでに事のあらましを伝えられているらしい。振り返ったリディに軽く手を挙げ、いまはこれが精一杯といった笑みを浮かべると、パトリックはシンシアの方に視線を移した。「さ……」と促す声に特別な緊張を感じ取ったのか、シンシアはこちらに視線を残しつつ踵《きびす》を返した。

部屋の湿度が増してゆく。電話の音や秘書の足音、ダカールから飛んでくる耳打ちの声が家の中に入り込み、隠微な波紋を押し拡げるあの感覚。これが嫌だからここにはいられなかったのだ、と再確認する一方、いまは他ならぬ自分が震源になっている現実も受け止めて、リディは無言の目を父に据え続けた。「しばらく二人だけにしてくれ。急用はパトリックに」とドワイヨンに命じつつ、ローナンは机の向こうに収まった。「かしこまりました」と応じたドワイヨンが退がり、ドアの閉まる音を立てたのを最後に、二人だけの執務室は息苦しいほどの静寂に包まれた。

「こんな形で向き合うことになろうとはな」

その静寂を破って、ローナンが吐息混じりに口を開く。先手を取られた動揺を隠し、

「ずっと逃げ回ってましたからね」と返したリディは、また突っ掛かる言い方をしてしまったと内心舌打ちした。落ち着け、相手は軍にも顔がきく中央議会議員だ。個人的な感情は置いて、必要なことだけ伝えればいい。威圧されそうな胸中に呟《つぶや》いてから、窓を背にしたローナンをあらためて直視する。

「家の反対を押しきって入隊した以上、もうここに戻るつもりはなかった。でも今度だけはこうするしかなかったんです。〈インダストリアル7〉のテロ事件は聞いているでしょう？　おれはあの場にいた。あれはニュースで言われてるようなことじゃなくて――」

「そういうことじゃない」

強く遮り、ローナンもこちらを直視した。怒るでも見下すのでもなく、ただ苦しんでいると思える顔がゆっくりと伏せられ、「そういうことじゃないんだ……」と重い声をくり返す。瞬間、足もとの床がずるりと陥没したような錯覚にとらわれ、リディは握りしめた拳《こぶし》を微《かす》かに震わせた。

「おまえからメールが届いた時は驚いた。まさか、おまえが『箱』に関わっていたとは……」

『箱』という一語が胸に突き立ち、伝えるべき数々の言葉を霧散させた。ローナンは革張

りの椅子《いす》に背中を預け、天を仰ぐようにして目を閉じた。

「すぐに引き揚げる算段を整えてみれば、こんな結果になる……。実際、呪われているとしか思えんよ。やはり、おまえもマーセナス家の人間だったということなのだろうな」

なにを言われているのかわからなかった。自分が誰と向き合っているのかも判然としなくなり、リディはかすれる声で「父さん……」と呟いた。ローナンは息をつき、背もたれから体を起こして、

「リディ。おまえは、真実を知らなければならない」

目を見据え、有無を言わせぬ声で言う。赤い夕陽を背にして、その表情は半ば影に塗り込められていた。

「代々、マーセナス家の直系にだけ伝えられてきた真実だ。おまえの叔父《おじ》も叔母《おば》も、シンシアもパトリックも知らない。違う道を歩むのであれば、伝えずに済むとも思っていたが……。こうなってしまった以上、他におまえが生き延びる道はない」

体が動かなかった。なんの冗談だと笑い飛ばしたいのに、どこかでこうなることを予期していた自分がそれを許さない。政治の臭気だけではない、もっと禍々《まがまが》しいなにかの存在を知覚していた自分が確かに存在する。そう、だからおれは逃げ出したのだ。一族にかけられた呪い《セイブ・アス》が発酵し、湿った空気を漂わせるこの家から——。

「我らに救いを」

握り合わせた手のひらに額を当て、ローナンはぼそりと呟いた。神《ゴッド》に呼びかけず、成句にもならずに宙に浮いたその言葉を皮切りに、ローナンは真実の口を開き始めた。それは救いを求める神をあらかじめ失った男の述懐であり——神殺しを宿命づけられた一族の因果の物語でもあった。

※

「嫌ですよ！」

叫んだ拍子に手が動き、ティーカップとソーサーのぶつかる音が艦長室に響いた。ぎょっと目をしばたたいたオットー艦長の向こうで、「頼んでいるつもりはない」とダグザ中佐が冷静に言う。

「本艦は間もなくラプラス・プログラムが指定する座標宙域に到達する。そこで《ユニコーン》を稼働させれば、新たにプログラムの封印が解ける可能性が高い。自分が同乗するから、君には当該座標まで《ユニコーン》を運んでもらいたい。これは命令だ」

眉ひとつ動かさずに言うダグザの傍らで、コンロイ少佐も反論の余地なしといった視線を注ぐ。タクヤやミコットと引き離され、艦長室に連れ込まれて数分。艦長自慢の紅茶を味わう間もなく、いきなり切り出されたのがこの話だった。帰港を延期して『箱』の捜索を行うから、《ユニコーン》を動かして調査を手伝えという。ひとり紅茶を傾ける艦長の顔を見、ロボットと思える無表情を維持するエコーズの隊長に視線を戻したバナージは、「なんでおれがそんなことをしなくちゃならないんです」と抗弁を重ねた。

「現状、《ユニコーン》を動かせるのは君だけだ」

「持っていくだけなら、他のモビルスーツで運べば済むことでしょう？」

「メイン・ジェネレーターが起動していなければ、システムが状況を認識しない。パイロットの搭乗は不可欠だ」

次々に反論を封じると、ダグザは「なにか問題があるのか？」と底まで見通す視線を向けてくる。バナージは目を逸《そ》らし、「見たでしょう。〈パラオ〉であれがどうなったか……」とくぐもった声で答えた。

「あれに乗ってると、おかしくなるんです。ちゃんと操縦できる自信がないし、もう乗りたくありません」

「しかし、君は無事に帰ってきた。あの四枚羽根を無力化して、機体とパイロットを捕獲することもできた。多大な戦果だ」

「戦果？　あれが戦果だって言うんですか⁉」

痙攣《けいれん》するマリーダの肌に突き立てられた、銀色に閃《ひらめ》く注射器の細い針。その瞬間の痛みを引き寄せ、思わず声を荒らげたバナージをよそに、ダグザはあくまで冷静だった。こちらに向けた視線をそよとも揺らがさず、「他にどう言える」と整然と問い返す。

「どうって……。とにかく、もう嫌なんですよ。おれは軍人じゃないんだから、命令を聞く義務はないはずです」

「確かに義務はない。だが責任はある」

想像外の言葉が胸に差し込み、体をひと揺れさせた。顔を上げたバナージに続いて、オットーとコンロイも虚をつかれたという目をダグザに向ける。

「君はもう三度も戦闘状況に介入した。《ユニコーン》という強力な武器をもって、だ。それで救われた者もいれば、逆に命を絶たれた者もいる。敵味方に関わりなく、君はすでに大勢の人間の運命に介在しているんだ。その責任は取る必要がある」

思いもしなかったことだった。「どうやって……？」と言ったバナージをまっすぐ見返し、「しまいまでやり遂げることだ」とダグザは答えた。

「しまいってなんです。死ぬまで戦えってことですか？　それとも、このわけのわからない宝探しに最後までつきあえって？」

「それは自分で考えろ。いまの君は、目の前の困難から逃げ出そうとしているだけだ」

ずきりと胸が疼《うず》いたのは、図星と認める部分が自分の中にあったからなのかもしれない。容易に認められることではなく、冷めた紅茶に目を落としたバナージは、「ダグザさんは……迷ったりすることってないんですか？」と聞くともなしに呟いた。

「いつも確固としていて、揺らがなくて……。おれは、とてもそんなふうにはなれない」

皮肉のつもりはなかった。ナイフのような剛直さをもってすべてを割り切り、時々の選択の結果を突きつけられても動じない。なれるか、なりたいかは置くとして、そうなれたら楽だろうとは思う。いっそダグザのような人間がパイロットになった方が、《ユニコーンガンダム》も遺憾なく性能を発揮できるというものだろう。なにひとつ確信を持てず、敵と味方という区別さえ呑《の》み込めない自分に、武器を手にする資格はない。二度と手にしたいとも思わない——たとえカーディアスに、父に失望されたとしても。

微かに瞼《まぶた》を震わせ、ダグザは言葉を呑む気配を見せた。すぐに確固たる反論が来ると予測していたバナージは、不自然な沈黙の間にちらとその顔を盗み見た。押し黙った隊司令の横顔を窺《うかが》ったのもつかのま、すかさずこちらに視線を戻したコンロイが、「戦場で迷っていたら死ぬだけだ」と代わりに口を開く。

「だから任務を遂行することだけを考える。隊長は、隊長の責任を果たしておられる。責任とはそういうものだ」

「でも、それで人が死ぬんですよ？　人殺しをしなきゃならない責任ってなんです？　おれは、そんなに簡単に割り切ることはできません……！」

任務、義務、責任。連邦とネオ・ジオン、どちらの側にもあり、どちらの側でも正義とされるもの。どこにも拠《よ》り処《どころ》はなく、ただ黙っていたら押し潰《つぶ》されそうな恐怖に駆られて、バナージはひと息に叫んでいた。「簡単なものか！」と声を荒らげたコンロイが立ち上がりかけ、巨体に押されたテーブルががたんと鳴る。オットーが制するより早く、ダグザがコンロイを押し留め、「責任の取り方は人それぞれだ」と落ち着いた声を押しかぶせた。

「いまの君の状況はわかりやすい。責任を取らなければならない相手が目の前にいる。君のクラスメイトたちだ」

一瞬前の揺らぎを消し去り、ダグザは冷徹に続けた。無防備なところを突かれた思いで、バナージは「タクヤとミコットが……？」と確かめる声を搾り出した。

「これから〈ルナツー〉に戻ったとして、二人の立場は微妙だ。その処遇は我々の報告次第、心証次第ということになる。それを左右するのが君の行動だ」

「また、人質ですか……」

「どう捉《とら》えてもかまわん。君は彼らの運命を変えられる立場にある。そのことを肝に銘じて、行動を選択することだ」

言うだけ言うと、ダグザは立ち上がった。コンロイもあとに続き、制服の上からも筋肉の張りを窺わせる二人の背中が艦長室を出て行く。バナージは溜《た》まった息を吐き出し、両の手を握り合わせた。ティーカップに手をのばしたオットーが、「ま、そう嫌うな」と間を取り繕うように言う。

「ああ言うしかないのが彼らの立場だ。それにダグザ中佐は、君が思ってるようなロボットじゃないぞ？」

紅茶に口をつけつつ、オットーは続けた。バナージは、少しだけ顔を上げてその顔を見た。

「〈パラオ〉に単艦で攻め込めと言われた時……正直、目の前が真っ暗だった。だがな、ダグザ中佐が言ったんだ。我々はこれを人質救出作戦と考えているって」

なんの話かわからなかった。眉《まゆ》をひそめたバナージに、「君のことだ」とオットーは微笑を浮かべてみせた。

「我々は彼に借りがある……ってな。ダグザ中佐の根気とアイデアがなければ、どうなっていたかわからん。感謝しろとは言わんが、少しは認めてもいいんじゃないかな？　人が人に負うべき責任を、ダグザ中佐はまっとうしようとしている」

自身にも言い聞かせるように言い、オットーはティーカップをソーサーに戻した。すぐには応じる言葉を見つけられず、バナージは再び顔をうつむけた。

「迷いがないわけじゃない。わたしだって、好きこのんで寄り道などしたくはないし、本部の命令が正しいとも思ってやしないさ。だがな、それとは別の話なんだ。この責任ってやつはな……」

※

「本部から笑える無電が入ってます。読み上げますか？」

そう言い、端末のモニターから顔を上げたギャリティ大尉は、こちらと目を合わせた途端に口もとの笑みを吹き消した。よほど気分が顔に出ていたらしい。部下に心理を読み取られた気まずさを隠し、「頼む」と短く言ったダグザは、コンロイともどもモニター室の戸口をくぐりきった。

「……は。発、宇宙軍特殊作戦群司令部、宛、《ネェル・アーガマ》内エコーズ920隊司令。一四三〇通達の指令に補足。敵の追撃の可能性大なり、十分に警戒されたし。終わり」

失笑を漏らしたコンロイにつられて、こちらの口もとも緩んだ。「ご忠告、痛み入るな」と苦笑いしたダグザに、ギャリティもほっと安堵《あんど》の表情を浮かべた。

「百も承知のことを、わざわざ……。どういうんでしょう？」

「誰かが調査をやめさせたがっているんだろう。さっさと《ネェル・アーガマ》を呼び戻して、『箱』の鍵《かぎ》を軍の管理下に置きたい誰かがな。しかし参謀本部としては、ビスト財団のオーダーを無視するわけにもいかない」

「それで、役にも立たない警告を出して、現場で判断しろってわけですか?」

「アリバイ作りだ。止めようとはした、となー」

喋《しゃべ》りすぎだと思ったが、「やれやれ」と肩をすくめたギャリティは気にする素振りもなかった。コンロイがちらと窺う目を寄越し、「通達は通達だ。729の連中にも教えてやれ」と口を挟む。

「予定通り、二三〇〇に状況を開始する。《ロト》は二機とも出せるな?」

「は。うちと729のパイロットがブリーフィングに入ってます。ネェル・アーガマ隊からは《リゼル》が二機。万一の事態に備えて、大気圏装備への換装作業を実施中です」

「よし。低軌道でのミッションは我々もあまり経験がない。大尉もブリーフィングに参加して、部隊連動に万全を期してくれ」

え? と怪訝《けげん》な顔をコンロイに振り向けたのも一瞬、ギャリティは「ラジャー」と応じて席を立った。すまんな、と目顔で言ったコンロイの脇をすり抜け、エコーズの詰め所になっているモニター室を出て行く。やはりコンロイにも読み取られていたか。忸怩《じくじ》たる思いが半分、古女房の気遣いに感謝する気分が半分で、ダグザは艦長室から溜め込んできた息を吐き出した。人殺しをしなきゃならない責任ってなんです——胸に刺さった目と声を手繰り寄せつつ、コンソール前の椅子に座り込む。

「『箱』をめぐって、政府と財団が綱引き……。いよいよきな臭くなってきましたね」

そんな様子は見て見ぬ振りで、コンロイがコーヒーを淹《い》れながら言う。ダグザは背中でその声を聞いた。

「カーディアス・ビストが、ネオ・ジオンに『箱』を渡したくなった気持ちがわかります。御身大事の政治家やら、既得権益にしがみついてる財団の連中に囲まれてれば、なにもかもぶちまけてさっぱりしたくもなる。『袖付《そでつ》き』が選ばれたのは、単なる消去法でしょう。世間をひっくり返したいと思ってる輩《やから》の中で、軍隊らしい規律と組織力を維持しているのはネオ・ジオンぐらい――」

「コンロイ。〈スウィートウォーター〉の作戦、憶《おぼ》えているか？」

遮り、ダグザは別のことを言った。マグカップにコーヒーを注ぐ手を微《かす》かに震わせ、つかのま押し黙ったコンロイは、「忘れるわけがありません」と低い声を搾り出した。

「いまでも悪夢の定番ですよ。コロニーに穴が開いて、子供たちの死体が流れ出してくる……。実際には穴なんて開いてないのに」

コンロイは口を閉じ、止めていた手を動かし始めた。止まった途端に溢《あふ》れ出してくる記憶を振り払い、先へ先へと進もうとする焦りがその肩に滲《にじ》んでいた。あの作戦の時、《ロト》の車長席から見たノーマルスーツの背中がそこに重なり、ダグザもまた禍々《まがまが》しい記憶の一片を溢れ出させた。

戦中・戦後に激増した難民を収容するべく、L2宙域に建設された〈スウィートウォーター〉。開放型と密閉型、方式も直径も異なるスペースコロニーを繋《つな》ぎ合わせ、急きょ建造された難民コロニーの居住環境は劣悪で、まさに宇宙のスラムと呼ぶのが相応《ふさわ》しい。そんな場所であれば、反政府勢力の根城になるのに時間はかからず、『シャアの反乱』の際にはネオ・ジオンの拠点として機能した。そして紛争が終わったあと、敗残兵が不穏分子を組織化し、新たなテロ計画を企てる温床になったのも、戦争の膿《うみ》をしまい込んだ〈スウィートウォーター〉にとっては自然な流れだった。

『シャアの反乱』で再燃の兆しが見えたサイド国家主義《コントリズム》、アースノイドを批判する地球聖地主義《エレズム》の声を封じ込めるべく、目に見えるジオン対策の成果を政府が欲していたという事情もある。中央情報局は常にない情熱をもってテロ計画の存在を突き止め、発足間もないエコーズが対処活動に投入されることになった。〈スウィートウォーター〉の一画、清掃工場の敷地内にある廃ビルに急襲をかけ、そこに集結するテロ計画の首謀者たちを殲滅《せんめつ》する。テロリストには人権も法の保護も不要、法を超えた悪には法を超えた制裁を――。連邦政府のメッセージを暗黙のうちに知らしめるため、ビルごとテロリストを〝排除〟するという極端な選択肢が採択され、ダグザたちエコーズ920の《ロト》がコロニーの外壁に取りついた。

　ビームバーナーで外壁を焼き切り、地盤ブロックの地下サービスルートに侵入。当該ビルの真下を通る共同溝に爆薬を設置し、貯水タンクに水蒸気爆発を起こさせることで地盤を破壊、もってビルそのものに崩落を促す。問題のビルは取り壊しが決まっている無人の廃墟《はいきょ》で、新設された清掃工場の片隅にぽつんと建っており、日中に人が近づく懸念はない。コロニー内には情報局の工作員が待機し、監視情報の伝達から事後の始末に至るまで、万全のバックアップ態勢を整えてもいる。あとはテロ計画の首謀者たちが参集するのを待ち、起爆装置にわずかな電流を流すのみ。〝狩り〟の仕掛けに手抜かりはなかった。目標《ターゲット》たるテロリストたちは続々とビルに集まり始め、事前情報にも誤りはないと知れた——ただひとつ、一台のスクールバスが廃ビルの前に停まり、工場見学に訪れた多数の児童が玄関前に降り立ったことを除いて。

最後のターゲットがビル内に入ったことを確認し、監視班が撤収した直後のことだった。その日、工場の駐車場が満車になっていたのが偶然なら、スクールバスが当該ビルのある空地に誘導されたのも偶然。強いて責任を問うなら、工場見学が行われることを把握していたにもかかわらず、軍に報告を上げなかった情報局の不備ということになるが、地下に潜るダグザたちにはどのみち知る由のない話だった。爆破は予定通り実行され、ビルは瞬時に崩落、瓦解《がかい》した地盤に呑《の》み込まれた。ターゲットたちは数十トンものコンクリに押し潰《つぶ》され、スクールバスも瓦礫《がれき》の底に埋まった。

三十七人の児童のうち、三十人が即死し、搬送先の病院でさらに三人が死んだ。奇跡的に生き残った四人は、それぞれ手足を失うなど一生の障害を負い、ひとりは三年近く経ったいまに至るも意識を回復していない。脳死状態に陥っていても、いまだ背がのび続ける我が子に見切りをつけることができず、両親は日々病院に通って彼の世話を続けているという。

隕石《いんせき》の衝突がもたらした不幸な事故、と調査委員会は結論した。マスコミは児童たちを見舞った突然の悲劇を書き立て、コロニー公社の管理責任を追及するのに終始して、ビル内にいた十数人の男女に着目した報道はなされなかった。が、その一方、連邦軍の特殊部隊が関与したとの噂もまことしやかに流布され、エコーズには『人狩り部隊《マンハンター》』の二つ名が冠されるようになった。潜在する不穏分子に手向けられた連邦のメッセージは、確実に発信され、想定以上の恐怖と憎悪をもって受け止められたのだった。

人殺しのマンハンター部隊。暗殺、拉致《らち》、果ては子供殺しまで、なんでもござれのドブさらい機関――。その後も多くのうしろ暗い任務をこなし、同じ軍人からも見下される日々を、心安らかに生きてきた隊員はひとりもいない。「ひどい事故でした」と呟《つぶや》いたコンロイの背中を、ダグザは正視する気になれなかった。

「情報局のミスです。我々にはどうにもならなかった」

「そうだな」

「コロニー潰しや隕石落としをやるような連中です。あそこで一網打尽にしておかなかったら、もっと多くの子供たちが殺されていたかもしれない」

「そうだ……。多数の安全のためには、少数の犠牲は容認されなければならない」

握り合わせた手のひらに力を込め、ダグザは砂を噛《か》む思いで言葉を継いだ。「おれたちは連邦という巨大な装置の部品だ。部品はなにも望まない。装置全体の決定に従い、与えられた命令を実行するだけのことだ。いつか壊れる時が来るまで……」

ふと、ナシリの顔が思い出された。〈パラオ〉攻撃の先陣に立ち、一小隊とともに散ったエコーズ729の隊司令。奴や、この作戦で死んでいった部下たちのためにも、『箱』を確保する任務はやり遂げなければならない。この先、さらなる犠牲を支払い、身にかかる負債が増すことになったとしても。そのこと自体に疑いはない、あってはならないと内心に唱え、ダグザは倦《う》んだ息を吐き出した。コンロイは湯気を立てるマグカップを差し出し、「それをやりきってこそ、罪も犠牲も贖《あがな》われる……。あの時、隊長はそうおっしゃられた」と静かに言った。

「自分は、その言葉を信じています」

信じさせてくれ、とその目が訴えていた。マグカップを胸元に引き寄せ、黒い液体の水面に自分の顔を映したダグザは、不意に身の毛がよだつような不快にとらわれ、体が震えるのを感じた。

部下を騙《だま》し、己を騙し、騙したことも忘れかけている男の顔がそこにあったからだった。これを吞めというか。手を止めた途端に溢れ出してくる記憶、死ぬまで消えない悪夢から逃れるために、呑み続けろというか――。

「逃げているのかもな」

マグカップを放り投げたい衝動の捌《は》け口が、そんな言葉になってこぼれ落ちた。コンロイはぴくりと瞼《まぶた》を痙攣《けいれん》させた。

「おれたちは現実を呑み込んできた。呑み込まなければやってこれなかった。……あいつは違う。呑み込めずに足掻《あが》いている」

揺れ動きながらもこちらを直視し、なぜと問うてくる瞳《ひとみ》の印象を反芻《はんすう》しつつ、ダグザは言った。同じ瞳を胸中に呼び出したものか、「子供なんですよ」とコンロイは吐き捨てるように呟いた。

「傷つきたくないから、殻の中に閉じこもってるんです。あれではなにも救えやしない」

「そうかもしれん。しかしおれには、あいつの方が現実と向き合おうとしているように思える」

息を呑み、絶句した顔をこちらに向けるコンロイの気配が伝わった。ダグザは揺れるコーヒーの水面に目を落とし続けた。

「正義は風向きひとつで揺れ動く。秩序を守るためには我々のような存在が必要だ。そうした現実を呑み込み続けて、おれたちは自らが現実になった。だが……」

端的に、子供を殺してまで守らねばならない秩序とはなにか。永遠に目を醒《さ》まさぬ子の爪を切り続ける親の悲憤、まだ始まってもいない人生を終わらせた罪に、神ならぬ人が報いられる道理はない。なにも報われないし、救われる者もいない。わかっていながら己を殺し、せざるを得ないと言い続けて、いつか本当の部品になっていくだけのことではなかったか。

現実を呑み込み、少しずつ自身を切り売りしてきたという意味では、自分たちもまた大人という殻に閉じこもる無明の生物に違いない。吐き出しながら重くなる胸の底を覗《のぞ》き込み、ダグザは索漠とした無言の時間を漂った。目を伏せ、「仕方がないことだとは言いません」と呟いたコンロイが、沈黙の間を緩慢にかき回す。

「世界には常に改善の余地がある。現実に抗《あらが》って、世の中を変えてゆく天才というものもいるのでしょう。でも、彼らに未来を考えてもらうためには、現在という時間を背負って歩く人間が必要です。現実と同化してしまった、我々のようなつまらない大人が」

柄にもないと自嘲《じちょう》したのか、コンロイは微《かす》かに笑った。現実を背負って世界を支える者もいれば、それを拒んで見えない先に想いを馳《は》せる者もいる。ようはバランスの問題か、と得心した胸が少し軽くなり、ダグザはようやく顔を上げる気になった。「すまない。了解だ」と微笑を返すと、コンロイはなにも聞かなかったような顔で肩をすくめてみせた。

すでに隊司令にあるまじき言動を重ねている。それこそ報われも救われもしない泣き言を続けて、ナシリに笑われたくはない。背を向けたコンロイから視線を外し、拳《こぶし》を額に当てて気合いを入れ直したダグザは、「それと、ひとつ言い間違えました」と振りかけられた声に虚をつかれた。

「言葉を信じてるんじゃない。自分は、隊長という人間を信じているんです。ご自分の心に従ってください。こっちは勝手についていくだけですから」

口をつけなかったコーヒーをポットの脇に置き、コンロイはちらと合わせた視線を最後に部屋をあとにした。言うべき言葉もなく、手にしたままのマグカップに目を落としたダグザは、揺れる水面に映る自分の顔と対面した。

波紋が収まり、像を結びきる前に、それをぐいと呑み込む。塩をきかせたコーヒーが、いつもよりしょっぱかった。

※

「財団の船?」

微かに眉《まゆ》をひそめたガエルの長身に圧迫され、《ガランシェール》のブリッジはいつも以上の狭さだった。キャプテン・シートの背もたれをつかみ、中空に浮かべた体をそちらに向かせながら、「そうだ」とジンネマンは応える。

「二十分前に低軌道上に現れた。加速もせんと、遊覧飛行を決め込んでる。《クリムト》

ってのは、あんたらが美術品の移送に使ってるシャトルだろ？」

それぞれ操舵《そうだ》席と航法士席に収まるフラストとギルボアの向こう、窓に投影されたレーダー画面上で点滅する《クリムト》の輝点《マーカー》は、秒速八キロ弱の軌道速度を維持したまま、すでに地球を四分の一周しようとしている。三十分間隔で往還船が行き来する地球軌道だが、低軌道上に留まる船の数は少ない。せいぜいが人工衛星の修理業者くらいなものだ。

黙したガエルから目を離さず、ジンネマンはコンソールを操作して別のレーダー画面を窓上に投影した。

「普段なら気にも留めんが、時が時だ。もし誰かと待ち合わせをしているなら、相手はこいつということになる」

どんな船でも受信できる航路管理衛星のレーダー画面が縮小し、《ガランシェール》のレーダーが捉《とら》えた索敵画面が拡大投影される。そこに《ネェル・アーガマ》のマーカーを見出《みいだ》した途端、ガエルの顔色が変わった。無言で踵《きびす》を返した長身を「待て」と呼び止め、ジンネマンは靴底のマジックテープを床に着けた。

「どこに行く気だ」

「個人で行動していると言った。ビスト財団の船がなにをしていようと、おれの知ったことではない」

「だったら、なにをそう慌てることがある」

そこまで言って、ガエルは不意に口を閉じた。その背中に突きつけた自動拳銃《けんじゅう》の銃口をずいと押し出し、両手を挙げるよう暗黙に指示したジンネマンは、「すまんが、我々も冗談で《木馬もどき》を追ってるわけじゃない」と低く押しかぶせた。

「知ってることを話してもらおう。断るなら、これまでだ」

脅しのつもりはなかった。船に収容して十時間あまり、あてがわれた船室から動かず、なにも喋《しゃべ》ろうとしないこの男にも、そろそろ本音を吐いてもらう必要がある。静止衛星軌道を通過し、地球へ接近し始めた《木馬もどき》――《ネェル・アーガマ》を追って、この《ガランシェール》も二時間足らずで低軌道上に差しかかるという時だ。ビスト財団当主の懐刀であった男と、行く手に待ち構える財団の船。両者が示し合わせていないと証明できない限り、ガエルをこの船に乗せておくことはできない。

両手を挙げ、ゆっくりこちらに向き直ったガエルは、操舵席のフラストも懐に手をやっていることを確かめたらしい。息をつき、殺気を解くと、「財団の船は、おそらくマーサ・カーバインがチャーターしたものだろう」と重い口を開いた。

「マーサ・カーバイン……。アナハイム社の会長一族に嫁入りしたビスト家の女か」

「そうだ。カーディアス・ビストの実の妹で、いまは財団当主代行を務めている。おれがけじめを取らなければならない相手だ」

「別に慌てては――」

あっさり白状した声が胸に突き立ち、少し息ができなくなった。それが『ラプラスの箱』をめぐるお家騒動の顚末《てんまつ》――『箱』の流出を防ぐために、妹が兄を殺した。

「……そのマーサが、あの船に乗ってるのか？」

「いや、マーサは月にいる。《ネェル・アーガマ》に乗っているのは、彼女の子飼いの部下どもだ。あの船は、そいつらを引き揚げるためにチャーターされたんだろう」

殺意を燻《くすぶ》らせる目の色に、周到な嘘という勘繰りは押し返された。ジンネマンは自動拳銃を収め、「ということは、例の《ガンダム》も一緒に？」と確かめる声を継いだ。《クリムト》は小型の部類に入るシャトルだが、モビルスーツ一機を搭載できる程度の大きさはある。「それは考えにくい」とガエルは間を置かず答えた。

「《ユニコーン》は軍の管理下にある。いくらマーサでも、そう簡単に手に入れられるとは思えない」

「軍を動かして、我々とカーディアスの取引を邪魔だてするような女でもか？」

「『箱』の流出を阻止するという点では、財団と連邦政府との間に共通の利害があった。しかしいまは違う。『箱』の存在が宙に浮いたことで、両者の思惑は分かたれた。財団は現状維持を望み、政府は漁夫の利を得ようとしている」

わかる話だった。政府を脅かす『箱』など、この機に始末してしまうに限ると考える連邦と、百年の既得権益を手放したくないビスト財団。先に手に入れた者が次代の力関係を決するという意味では、『箱』は正真正銘のお宝であり、カーディアスの言葉通り、未来を変える力を秘めているということになる。血眼でそれを追い求める両者は、片や政治力、片や経済力で連邦軍を操ろうと試み、《木馬もどき》は双方の綱引きに従って右往左往しているのだろう。我らネオ・ジオンは、両者の争奪戦に花を添える狂言回しというところか。「なるほどな」とジンネマンは顎髭《あごひげ》を撫《な》で上げた。

「暗礁宙域で仕掛けた時、あの小僧がのこのこ出撃してきた理由がわかったよ。鍵《かぎ》である《ガンダム》さえ壊してしまえば、『箱』の秘密は守られる。マーサの子飼いがけしかけたってわけだ」

「ああ。だがそれは次善の策だ。《ユニコーン》を破壊すれば、マーサも『箱』にたどり着けなくなる」

「どういうことだ？」と問うたのはフラストだった。ガエルはそちらを見遣り、「『箱』の在《あ》り処《か》を知るのは、宗主たるサイアム・ビストと代々の当主のみ」と詩篇でも読み上げるように答えた。

「マーサが晴れて当主になるには、『箱』を手にする必要がある」

ブリッジにいる全員が絶句する間に、「無論、おれも『箱』の在り処は知らん」とガエルが先回りの声を付け足す。信じてもいいだろう。彼が『箱』の在り処を知っていれば、もっと直接的にマーサを脅かすことができる。多少は霧の晴れた頭がゆっくり働き出し、ジンネマンはあらためてガエルの顔を見上げた。

「となると、《木馬もどき》を座標宙域に向かわせたのはマーサの差し金だな？」

「多分。《ユニコーン》が〈ルナツー〉に運び込まれる前に、『箱』の情報を手に入れる肚《はら》だ。おれが焦っている理由がわかったか」

じっと見返してきた視線に、いら立ちの色が浮かぶ。ジンネマンは目をしばたたかせた。

「あの船は、マーサの部下と調査結果を引き揚げるために送られてきたんだ。のんびり調査が終わるのを待っていたら、仇《かたき》に繋《つな》がる線に逃げられてしまう」

言うが早いか、ガエルは再び踵を返した。すぐさま床を蹴《け》ろうとする肩をひっつかみ、

「ひとりでどうするつもりだ」とジンネマンは呼びかけた。

「マーサの部下を捕らえて、彼女のしたことを公表させる」肩をつかんだ手を払い除《の》け、ガエルは鋭い一瞥《いちべつ》をくれた。「すぐにもみ消されるだろうが、当主代行の座から引きずり下ろすぐらいの打撃は与えられる。それが当主を守れなかったおれのけじめだ」

「どうやって部下を捕らえる。《アイザック》で直接《木馬もどき》に殴り込む気か？手負いとはいえ、相手は現役の戦艦だぞ」

「策はある」

無表情に言うと、ガエルは背を向け直した。「待てと言うんだ」と押しかぶせつつ、ジンネマンはその行く手に体を流し、ドアの前に立ち塞《ふさ》がった。

「そういうことなら、こっちも事情を話す。《木馬もどき》には取り戻したい人間が乗っている」

「ミネバ・ザビか？　彼女ならすでに移送されたと――」

「違う。おれの部下だ。こちらの増援と合流する前に、なんとか助け出したい」

ミネバが地球に下りたとの情報は、《レウルーラ》経由の一報で知らされている。その際、フル・フロンタルが《レウルーラ》を発《た》ち、こちらに向かったという報《しら》せも受けた。ミネバの不在が明らかになった途端の出撃――目的は推して知るべしだった。あの仮面の目に、捕虜になっているマリーダの姿は映っていない。《木馬もどき》が沈められる前に、なんとしても救出しなければならない。

「……聞こう」

互いの目の底を覗《のぞ》く数秒のあと、ガエルは言った。通じあうものを感じたのも一瞬、当面の優先課題を念頭に置き直したジンネマンは、「その前に、ひとつ確認しておきたい」と動かないガエルの目を直視した。

「この機に『箱』を奪おうとしている政府の勢力ってのは、いったい何者だ？」

ガエルは怪訝《けげん》そうに眉《まゆ》をひそめた。「財団の向こうを張って、軍を私物化してる連中だ。敵の敵は味方って論理で、利用できるかもしれん」とたたみかけると、その口もとがふっと緩み、「それは無理だ」という声がジンネマンの耳朶《じだ》を打った。

「彼らはあんたたちをひどく嫌っている。なんと言っても、UC計画の発注者だからな」

ギルボアがぎょっとした顔を振り向け、「UC計画って、《ユニコーンガンダム》を造らせた連中が……？」と口を挟む。ジオン抹消のために造られたモビルスーツ、ニュータイプ殺戮《さつりく》マシーンの魔的な面相を思い起こしつつ、「それは？」とジンネマンは静かに質《ただ》した。ガエルは前方の窓に映る地球を見遣《みや》り、

「移民問題評議会。連邦の宇宙移民政策を決定してきた最大の保守系勢力だ」

※

「……そうなのよ。歴代の首相は、みんな移民問題評議会の議長職を経験されているんですって。ということは、ねえ？」

フォークに突き刺した鴨のコンフィを振り上げ、バロウズ夫人はテーブルに着く一同の顔を含んだ目で見回す。ここが町のレストランでも嗜《たしな》めたくなるマナーの悪さだが、他の夫人たちは迂闊《うかつ》に眉をひそめたりはしない。化粧顔に白々しい追従の笑みを浮かべ、長テーブルの一端にそれぞれの首をめぐらせて、このパーティーのホスト夫妻に羨望《せんぼう》とも品定めともつかない視線を送る。

「全員が全員というわけではありませんわ」

そんな視線には慣れているのだろう。向き合いも突き放しもしない絶妙の笑みを浮かべ、シンシア・マーセナスはさらりと受け流す言葉を紡いでみせる。大らかで物怖《ものお》じしない御令嬢の外面の下に、一刻一刻自分の位置を見定める冷徹な観察眼を持つマーセナス家の長女は、三十路《みそじ》を前にしてすでに海千山千の女主人の風格だった。「あら、またそんなご謙《けん》遜《そん》を」と飛んできた声を躱《かわ》す微笑にも澱《よど》みがなく、ついでにテーブルに目を走らせ、全員のワイングラスが満たされているかチェックするのも忘れない。

「いやいや、そういうことにしておいてください。でないと、義理の息子としてはプレッシャーに潰《つぶ》されてしまいそうで」

シンシアの隣に座るパトリックが、食堂室中に響き渡る朗々とした声で微妙な話題にとどめを刺す。スポーツマンらしい大柄に人当たりのよさそうな顔、年寄り受けする実直な物腰は、人を魅《ひ》きつける天性の愛敬《あいきょう》の持ち主に違いないが、よく仕込まれているな、というのがミネバの印象だった。婿入り前からローナンの下で働き、地方選出馬を控えたいまは公設第一秘書の重役にあるというから、将来に備えて徹底的にしごかれてきたのだろう。もっとも、見る人が見れば箔《はく》の剝《は》がれ目は露見してしまうものなので、この先ダカールの中央議会まで昇り詰められるかどうかは本人の資質次第。いまはまず朗らかな宴会屋に徹し、地元の支持を取りつけるのが先決だが、その地元を代表する夫人たちの醸す空気のなんと手強《てごわ》いことか。

戦後、復興事業で成り上がったB&D商会の社長夫人にして、婦人後援会長を務めるバロウズ夫人を筆頭に、サンベルト地区復興建設協会の会長夫人、南部ではいまだ多数の信者を抱えるプロテスタント派の牧師夫人、農業団体を取りしきる組合長夫人などなど。各々に夫の威光を着飾り、食堂室の長テーブルを囲む十人ばかりの中年女たちは、表向きは大物議員の私邸に招かれた恐縮を装いつつも、自分たちが接待される側であることに疑いを持ってはいない。次期首相の芽がある上院議員にすり寄り、その恩恵に与《あず》かる機会を虎視眈々《こしたんたん》と狙う一方、自らの背後に横たわる広大な票田をそれとなくひけらかし、政治家を生かすも殺すも自分たち次第という地をちらちらと覗かせる。それは政治家に社会の行く末を委《ゆだ》ねながら、必要なら自分たちの手で政治家を操ればよいと考えて恥じない、彼女たちの夫が振りまく傲慢《ごうまん》の写し絵だ。

ため息を呑《の》んだ胃がまた重くなり、鴨肉を口に運ぶのが苦痛になった。これが絶対民主主義における政治の実相、一山いくらで票が売り買いされる万民在権のあるべき姿なのだろう。帝王学を暗記させられこそすれ、生の社会に触れる機会は皆無であった身には強すぎる刺激で、ミネバは注意深く場の空気を読み取る傍ら、ここでこうしている自分の立場をあらためて妙なものだと感じた。

ローナンとの話し合いに入ったリディと口裏を合わせる間もなく、シンシアにブルドーザーのような勢いで押し切られ、オードリー・バーンとしてディナーパーティーに加わることになった。気のおけないホームパーティーという触れ込みとは裏腹に、振る舞われる料理はフレンチのフルコース、ワインは80年代物の一級品が次々に開けられ、テーブルの周囲に配置された給仕の数は六人。ホストはホストで、地元の名士を笠《かさ》に着る夫人連に本物の富を見せつけ、圧倒せしめんとする魂胆がありありというところか。ミネバが着ているイブニングドレスにしても、シンシアが学生時代にオーダーしたブランド物で、当人曰《いわ》く『流行遅れだけど、中身よければすべてよし』とのことだが、正装と言えば詰襟の軍服しか思いつかない頭に判別がつくものではない。肩も袖《そで》も丸出しというデザインはどうにも心地が据わらず、そもそもどう振る舞えばいいのかもわからずに、空疎な会話に聞き耳を立てる時間が続いているのだった。

「実の息子さんも、士官学校を卒業されたエリートでいらっしゃるのよね。本当に羨《うらや》ましいこと」

ワインをサーブした給仕に会釈もせず、バロウズ夫人が酔うほどに大きくなる声を重ねる。ナイフを動かすたびに太い二の腕をぶるぶると震わせる彼女は、目の前の地方議員候補のこれからより、現職の中央議会議員の私生活に興味があるらしい。挨拶《あいさつ》だけで退席したローナンを、執拗《しつよう》に引き留めようとしたのも彼女だった。「私の親戚筋《しんせきすじ》にも軍人がいますの」と、別の夫人が相手をする。

「いまは退役して、アナハイム・グループの顧問を務めておりますけど」

「あら。じゃ、やっぱりエリートでいらっしゃる」

「リディさんも、将来は政界に出て、お父様の仕事をお手伝いなさったりするのかしら？」

瞬間、シンシア夫妻の表情が凍りつき、背後に控えるドワイヨンも顔をこわ張らせる気配が伝わった。夫人連の粘っこい視線が一点に集中する中、ミネバも鉛を呑んだ思いで隣の席に視線を流し、話題の人物の顔色を窺《うかが》った。

最初に自己紹介をして以来、ひと言も口を開いていないリディは、この時も周囲の視線がまるで目に入っていない様子だった。心ここにあらずの顔つきでナイフとフォークを動かし、切り分けた鴨肉を口に運ぶでもない。ローナンと話してからずっとこの調子だが、よほどまずい形で決裂したのだろうか？　思う間に、「弟はダメです」とシンシアが口を開き、ミネバはそちらに目を動かした。

「モビルスーツに乗ること以外、てんで頭が回らないんだから。ね、オードリーさん」

調子を合わせて、と目の奥の光が訴えていた。咄嗟《とっさ》に言葉が出ず、曖昧《あいまい》に笑い返したミネバは、「そう言えば、聞きました？　またテロ事件があったんですってねぇ」と言った誰かの声に、二度心臓を跳ね上がらせた。

「そうそう。アナハイムの工業コロニーでしょう？　ネオ・ジオンの残党の仕業だとか」

「怖いわねぇ、宇宙は。コロニーに穴が開いたら、それだけでおしまいでしょう？　水槽の中にいる魚と一緒よね。考えただけでもぞっとしちゃう」

「それにあのジオンのモビルスーツ。《ザク》でしたっけ？　戦時中はこのへんにも占領軍が来てたけど、一つ目で、肩にトゲみたいなのがついてて。とても人間の造ったものとは思えなかったわ」

「だって、コロニーとか隕石《いんせき》を地球に落とすような人たちですもの。私たちとは常識も考え方も違うのよ」

「親兄弟も宇宙で生まれて、地球には下りたこともない人たちが大半なんでしょ？　言っちゃなんだけど、それはやっぱり宇宙人よ。地球なんて、スペースノイドにとっては資源衛星と変わりがないんだわ。自治権を認めたら、なにをするかわかったもんじゃないんだから、しっかり管理しておかないと」

言葉のひとつひとつが針になり、剝《む》き出しの肩に刺さってくるようだった。チン、とグラスを軽く鳴らしたシンシアが、「ご婦人方」と一同の目を引き寄せる。

「差別的発言はご遠慮を。マスコミの仕組んだ誘導尋問じゃないかって、主人が怯《おび》えていますので」

冗談めかした言いように、パトリックは肩をすくめてみせ、まあ、ホホホ、と笑いあう夫人たちの声がそれに続いた。小さく息をつき、水の入ったグラスに口をつけたミネバは、「オードリーさんは、どちらのご出身なの？」と発した声に、危うくむせそうになった。

「アナハイム・グループのご関係なら、やっぱり月かしら」

「月はいいところだわ。月居住者《ルナリアン》って、スペースノイドと違って常識的ですもの。重力が低くて、美容にもいいそうね。いつか私も行ってみたいと思ってるんだけど、シャトルで三日もかかるって聞くと尻込《しりご》みしてしまって……」

話を合わせることも、そうする理由を見つけることもできずに、ミネバは目の前に居並ぶ地球の女たちから視線を逸《そ》らした。笑ってごまかせばいい――わかっている。でも、この人たちに見せる笑顔など持ち合わせていない。それは父と母を貶《おとし》め、死んだ将兵たちを冒瀆《ぼうとく》する行為だ。そんな言葉が頭の中に渦巻き、膝上《ひざうえ》の拳《こぶし》をぎゅっと握りしめた刹那《せつな》、がたんと椅子を蹴《け》る音が間近に響いた。

立ち上がり、誰とも合わせない目を正面に注いだリディが、なにも言わずにその場を離れてゆく。忿懣《ふんまん》を押し殺した軍靴の足音が冷えた空気を震わせ、グレーの士官服がドアの向こうに消えると、ぽかんと口を開けた夫人たちの間抜け顔が食堂室に残された。

「なにかお気に障るようなことを言ったかしら？」

バロウズ夫人が言う。困惑と好奇心が半々といった顔に、「ごめんなさい」とシンシアがすかさず楔《くさび》を打ち込む。

「例のテロ事件でひどい光景を見たらしくて、帰ってからずっとあの調子なんです。お気になさらないで」

言いつつ、どういうことなの？　と暗黙に問う目をこちらに向ける。パトリックは視線を合わせようとはせず、興ざめした風情の夫人連に向き直ったミネバは、リディのあとを追うタイミングを失ってフォークを手にした。とうに食欲の失《う》せた口に鴨肉を押し込み、無理にでも呑み込むうちに、「そう言えば、バロウズさんのお子さんは……」と、間を取り繕うシンシアの声が流れ始めた。

座の空気が収まり、自然に中座できるまでに十分近くかかった。消化不良の胃を抱えてパーティーを抜け出したミネバは、リディの姿を探して屋敷の中を歩いた。

使用人のほとんどがパーティーの進行に駆り出されているせいか、屋敷の中は静まり返っていた。ローナンは執務室で仕事中のはずだが、広い屋敷の中では気配すら感じ取れるものではない。ホールから階段を上がり、無人の広間を通って離れの方に足を向けようとしたミネバは、中庭に面したテラスにリディの背中を見つけた。

柱時計が、十八時半の時報を鳴らした時だった。グリニッジ標準時、つまり宇宙では二十三時半。二つの時間を表示する壁のデジタル時計を見上げ、ひどく遠くに来てしまった実感を新たにしながら、ミネバは開け放たれた扉をくぐってテラスに出た。庭を吹き渡る風がカーテンをそよがせ、机に置かれた読みさしの本をぱらぱらとめくった。

西の空を染める残照を見つめて、リディの背中は動かなかった。遠くを行き過ぎるヘリのローター音が風音に混じり、中庭を囲む木立ちを不穏にざわめかせる。オレンジから青、濃い群青へと色の階層を描く空を見上げ、夜気が忍び込み始めた風の匂いを嗅《か》いだミネバは、「すまない」と耳朶《じだ》を打った声に正面を見た。残照に燃え立つ木立ちと、振り向こうとしないリディの背中を視界に捉《とら》えてから、「いえ……」と顔をうつむける。

「これが現実なのだと思います。ネオ・ジオンの中にいては、わからなかったことですから」

よい勉強なのかもしれない。重い胸に呟《つぶや》いた端から、しかしこの偏見を乗り越える言葉は見つけられない、相互理解は夢だという思いがわき上がってきて、ミネバは息苦しい無力感の中に立ち尽くした。「そうじゃないんだ」と言ったリディの肩がぶるりと震え、手すりに置かれたその手が硬く握りしめられる。

「そうじゃなくて……」

日の名残りに縁取られた肩が、泣いているように見えた。ローナンとの話し合いが決裂したというだけではない、もっと大きな喪失と絶望を感じ取ったミネバは、「リディ……」と呼びかけた体を震える背中に近づけた。

突然、その背中が手すりを離れ、こちらを向いたリディの胸板が視界を埋めた。肩をつかまれ、ぐいと引き寄せられたミネバは、リディに全身を抱きとめられる格好になった。

「すまない。おれは……おれは、とんでもないところに君を連れてきてしまった……！」

抱きすくめる手に力を込め、リディは全身の体液を搾り出すような声音を耳元に注ぎ込んだ。咄嗟に押し返そうとして、力の入れどころを見失っている自分に気づいたミネバは、少し愕然《がくぜん》とした思いでリディの体温を感じ続けた。

「なにがあっても、君だけは守る。だからここにいてくれ。おれのそばに……おれを、独りにしないで……」

熱い雫《しずく》が髪に降りかかり、額を濡《ぬ》らした。なぜ泣くのだろう。なにが彼を苦しめているのだろう。その瞬間には不安も嫌悪感もなく、ただ震える体を一身に受け止めたミネバは、リディの背中に手を回そうとしてためらい、軍服の肩ごしに宵の空を見上げた。

分厚い大気の向こうに、星の光が瞬いて見えた。宇宙で見るより柔らかい、しかし茫洋《ぼうよう》としてつかみどころのない光だった。

※

食べかけのドーナツ、と形容するのがもっとも相応《ふさわ》しいかもしれない。かつては直径五百メートルに及ぶ円環構造物を回転させ、内壁に月と同程度の遠心重力を発生させていたスタンフォード・トーラス型の宇宙ステーションは、いまでは円環の一部を残すのみとなり、全長百五十メートルに満たない欠片《かけら》を虚空に漂わせている。緩く湾曲した円柱に注意灯を瞬かせ、地球上空を巡り続けるさまは、食べかけのドーナツでないなら鯨の死骸《しがい》――それも腐敗が進み、半ば骨格を露出させた死骸を想起させる陰鬱《いんうつ》さだった。

「〈ラプラス〉、ねぇ」

「『ラプラスの箱』と聞いて、最初に思い出すのがこれではありますが……」

独りごちたオットーに、レイアムが鈍った声を重ねる。二人の視線の先には、ブリッジのメイン・スクリーンがあり、そこに投影された〈ラプラス〉の残骸がある。九十六年前、宇宙世紀の始まりと同時に砕け散り、初代首相らとともに宇宙の藻屑《もくず》となった首相官邸の成れの果て。爆発の衝撃で加速され、一時は長大な楕円《だえん》軌道を巡っていたそれは、積年の重力干渉によって次第に減速し、ここ数年はもとの周回軌道に乗って地球を見下ろしているのだった。

航路障害物となり得る巨大な宇宙ゴミ《スペースデブリ》だが、歴史的価値に鑑《かんが》みて保存措置が取られ、五百は下らない稼動中の人工衛星ともども、二百キロの高度を維持している。周回コースは南北の縦軸を巡る極軌道で、公転時間は九十分。この縦運動に、地球が自転する横運動をかけ合わせると、〈ラプラス〉は二十四時間のうちに地球のほぼ全域を巡回することになる。特定の地域・国家に根ざさない首相官邸らしいコースと言えたが、その速度は現在も落ち続けており、あと数年もすれば軌道から外れ、地上に落下するとの予測が立てられてもいた。無論、その際は事前に分解処理され、大量の細かな破片が大気圏で燃え尽きることになるのだろう。

歴史の教科書には必ず写真が載っている代物だが、その道の研究者でもなければあらためて振り返るようなものでもない。軍が〝調査〟を行うのは、それこそ百年近く前の爆破テロ事件以来のことか。「バカげていますよ」と吐き捨てたレイアムに異論はなく、オットーは肩をすくめてみせた。

「同感だが、ラプラス・プログラムが指定した座標がここであることは事実だ。緯度0、経度0、高度二百キロメートル。〈ラプラス〉の残骸は、日に一度必ずそこを通る」

地球の重力が強大に作用する低軌道上では、一点に物体を留め置くことはできない。当該座標に『箱』が浮かんでいるという冗談がない以上、定期的にそこを通過する〈ラプラス〉の残骸が『箱』に関係している可能性は無視できない――というより、他に調査するべき対象物もない。「それはそうですが……」と、レイアムは苦い目を〈ラプラス〉の残骸に向け直す。

「もしあそこに『ラプラスの箱』があるなら、灯台もと暗しなんて話じゃない。質《たち》の悪い冗談です」

「まったくだ。こんなに近づいたのは、小学校の時の社会見学以来だよ。あれが宇宙世紀始まりの地、かの有名な『ラプラス事件』の史跡でございます……ってな」

現在、艦の高度は約四百キロで、〈ラプラス〉の残骸との相対距離は八千キロ。宇宙《そら》と空の境目をかすめ飛び、〈ラプラス〉との交差点に近づきつつある《ネェル・アーガマ》の現状を確かめたオットーは、「わたしの時は、もう見学コースから外されていたな」とかけられた声に虚をつかれた。

レイアムともども、背後をふり返る。白い重装ノーマルスーツを着たアルベルトが、アタッシェケースを片手に立っているのが見えた。

「艦長、世話になった。副長も」

愛想笑いのひとつも浮かべず、ずいと手を差し出してくる。彼らアナハイム社の人間を引き揚げるシャトルは、すでに《ネェル・アーガマ》との接触コースに乗っている。レイアムと横目を見合わせたのも一瞬、意外に律儀なアルベルトの物言いに苦笑を噛《か》み殺したオットーは、「こちらこそ……なんておためごかしは言わんよ」と応じつつ、その手を握り返してやった。

「あんたのせいで、ひどい目に遭った。その顔は当分、忘れられそうにない」

嫌味ではなかった。生死の際《きわ》に立つ一週間あまりを共に乗り越えれば、こんな顔にも多少の情はわく。ぴくりと頬を震わせ、すぐに手を引っ込めたアルベルトは、「調査を見届けられないのは、心苦しいが……」と呟いて視線を逸《そ》らした。照れ隠しというのではない、なにかを押し殺していると思える肉厚の顔に、オットーは心持ち眉《まゆ》をひそめた。

「艦の武運長久をお祈りする。それでは」

顔を上げて言うと、アルベルトはろくに目を合わせる間もなく床を蹴《け》った。そのままブリッジの戸口をくぐり、外で待っていた部下たちとともにエレベーターの方へ向かう。向こうは向こうで、感じるところの多い航海だったということか。微《かす》かに胸をよぎった不穏な感覚を忘れ、もう二度と会うこともないだろう背中を見送ったオットーは、「妙ですね」と言ったレイアムの声を聞いた。

「あれほど『箱』にこだわっていたのに、結果を見届けずに艦を離れるなんて」

「さんざん下手を打ってきたからな。お役ご免ということだろう。調査結果は、参謀本部経由でアナハイムの耳にも入るのだろうし。彼もしょせんは宮仕えだ」

「それだけでしょうか？」

アルベルトが出て行ったドアから目を離さず、レイアムは低い声を重ねる。オットーはその横顔を見遣《みや》った。

「捕虜の同行を認めた参謀本部の意図が気になります。地球に下りるついでに、北米の収容施設に移送してもらうとのことですが、民間の船に捕虜の移送を任せるなんて普通じゃありません。本部は彼女をどうするつもりなんでしょう？」

「〈ルナツー〉には、強化人間をケアする施設がないというのが表向きの理由だがな」

「どんな施設が必要だというんです。彼女は怪我人なんですよ？　まさか、NT《ニタ》研に運び込むつもりでは……」

ニタ研——ニュータイプ研究所。悪名高い人体実験場の名前にひやりとしたものを感じつつ、「考えすぎだよ。ニタ研は閉鎖されたはずだ」とオットーは応《こた》えた。「ならいいのですが」と、レイアムは少しも納得していない顔で言う。

「なんにせよ、ここでは十分な治療もできん。任せるしか——」

船体に微震が走り、オットーは先の言葉を呑《の》み込んだ。青白いスラスター光がひとつ、ブリッジの窓の外を滑り、夜の顔を向ける地球の輪郭線に溶けてゆく。モビルスーツ隊第二陣の射出が始まったのだ。「ロメオ010、発艦」と報告したミヒロの声は、右舷《うげん》側の通信コンソールから発せられた。

「続いてエコーズ920、発艦シークエンスに入る。RX－0、第一カタパルトへ。エコーズ920に続いて発艦されたし」

この一週間ですっかり堂に入ったミヒロの声に促され、多面モニターに映るモビルスーツたちがそれぞれ所定の行動に取りかかる。茶褐色の機体に920の部隊ナンバーを記した《ロト》は、モビルスーツ形態を取って右舷第三カタパルト・デッキへ。RX－0——《ユニコーン》は白亜の機体をエレベーターに乗せ、モビルスーツ・デッキから中央の第一カタパルトに運ばれつつあった。

右腕に専用ビームライフル、左腕にはシールドを構える標準装備だが、もうひとつ、筒状の装備が背部ランドセルのラッチに固定されている。ハイパーバズーカだろう。〈メガラニカ〉で回収された専用オプションのひとつで、機体データを収集するため、装備した状態で出したいとの連絡が整備班の方からあった。

　未知の状況に未知のモビルスーツ、パイロットは事実上モルモット扱い。大人でもたいがい逃げ出したくなると思いながら、オットーはミヒロの肩ごしに通信モニターを見た。コクピットに収まるパイロットの表情は、ヘルメットのバイザーに遮られてろくに窺《うかが》えなかった。

「乗る気になってくれたか……」

　え？　とこちらを見たレイアムの顔は見なかった。オットーは艦長席に腰を据え直し、正面に顔を向けた。スクリーン脇のデジタル時計を見、二十三時三十分の時刻を確かめるうちに、ミヒロが《ユニコーン》との交信を開始していた。

「いい、バナージくん？　現在、《ネェル・アーガマ》は地球低軌道上に位置しています。基本は空間機動と変わらないけど、常に重力モーメントがかかることを忘れないで。規定の速度を維持しておかないと、あっという間に重力に引っ張られるわよ……」

※

（……《ユニコーン》に大気圏を突破する性能があるかどうかは確認されていません。万一のことがあったら、落ち着いて付近の僚機に救援を要請すること。《リゼル》は大気圏装備を実装しているから、いざとなったら《ユニコーン》を載せて地球に下りることができます。でもそれは最後の緊急手段。速度計から目を離さず、僚機の位置確認も忘れずに。いいわね？）

事前に受けたレクチャーのくり返しだった。いいも悪いもあるものか。内心の悪態を押し殺し、「はい」と応じたバナージは、三面のディスプレイ・ボードに機体のコンディションを確かめた。前回の戦闘で損傷した右肩と左脚部は完全に直っている。気密、動力、操作系、すべて問題ない。エネルギーゲインも規定値を保っていることを確認してから、機体を前進させ、すでに開放しているシャッターの向こうに虚空を見据える。夜陰に包まれた地球と、その輪郭ごしにちりばめられた星の光を視界に入れた途端、（エコーズ920、発艦）とミヒロの声が響き渡った。

右手の第三カタパルトから、《ロト》がふわりと浮き上がる。通常のモビルスーツより二回りは小さいエコーズの可変機は、規格外であるがゆえにカタパルト射出ができない。小柄な機体がバーニアを噴かし、じりじりと舷外に移動する間に、ウェイブライダー形態を取った《リゼル》が前方から近づいてきた。大気圏内装備のウイング・ユニットを装着し、より航空機らしいフォルムになったウェイブライダーが相対速度を合わせると、《ロト》の袖口《そでぐち》からマジックアームがのび、《リゼル》の背面にあるグリップをしっかりとくわえ込んだ。

スラスター光が一閃《いっせん》し、《ロト》を背中に載せた《リゼル》が瞬時に遠ざかってゆく。同時に（ＲＸ－０、カタパルト装着）とミヒロの声が発し、バナージは機体の両足をスリッパ状のカタパルトに接合させた。《ユニコーン》を動かすのは四度目だが、カタパルト射出されるのはこれが初めてになる。こわ張った両手で操縦桿《そうじゅうかん》を握り直した瞬間、胸にしこった思いが不意に頭をもたげてきて、一秒前には考えもしなかった言葉がバナージの口をついて出た。

「あの、ミヒロ少尉。さっきはすみませんでした」

（了解。ＲＸ－０、進路クリア。発進どうぞ）

取りつく島のない声に、突き放された虚しさが胸を埋めた。通信ウインドを見遣り、別の機体との交信に入ったミヒロの硬い表情を窺ったバナージは、「私語は慎め」と背後から振りかけられた声に頭をはたかれたように感じた。

「秒刻みで艦載機を射出しているんだ。オペレーターに余分なことに気を回す余裕はない」

リニア・シートの右隣に設《しつら》えた補助席に収まり、ダグザは射出待ちをするマシーンそのものといった顔で言う。いつ暴走するかわからないモビルスーツに、およそ通じるところのないロボット人間。これ以上はない最悪の状況を顧み、なんでこんなことをしているのかと自問したのは一瞬だった。「発艦申告、できるんだろう？」と重ねられたダグザの声に、「了解」と返したバナージは、どうとでもなれと吐き捨てた腹に力を込めた。

「バナージ・リンクス、《ユニコーン》。行きます！」

カウントダウン表示が0を指し、カタパルト脇に立つデッキ・クルーがコンダクタンス・バーを振り下ろす。リニア駆動のカタパルト・ユニットが弾《はじ》かれたように前進し始め、前傾姿勢を取った《ユニコーン》の機体が滑走甲板を滑った。

リニア・シートに押しつけられた骨身が軋《きし》み、息が一瞬できなくなる。眼球をも押し込むGが緩和されるまでに、後方監視ウインドに映る《ネェル・アーガマ》の船体がたちまち小さくなり、バナージは操縦桿を心持ち横に傾けた。背部ランドセルに全長十五メートルを超えるハイパーバズーカ、腰のリアスカートには予備のマグナム・カートリッジとバズーカの弾倉《マガジン》を装備した機体は、いつになく重い。重力モーメントもかかることを思えば、標準装備時の二割増しでＡＭＢＡＣ《アンバック》機動を設定するのが適当か。マニュアル操作で設定を変え、レーザー発信の正常動作も確認したバナージは、ダグザに言われる前に先行する僚機との相対速度も合わせてみせた。

慣れてきている、と言ったハサンの声が脳裏をよぎり、すぐに消えた。夜の帳《とばり》に包まれた地球が眼下を流れ、名も知らぬ大陸の形を闇の底に浮き立たせた。

※

《木馬もどき》から分離したマーカーが、先行するマーカーとの相対距離を詰める。それは三次元のワイヤーフレームで表示された地球の上を滑り、指定座標に直進するように見えた。

「五機目の射出を確認。先に発進した四機と合流して、ランデブー軌道に乗る模様」

航法士席に収まるクルーが言う。ギルボアと交替して操舵輪《そうだ》を握るフラストの頭ごしに、複数のマーカーが移動するセンサー画面を凝視したジンネマンは、「例の《ガンダム》か？」と問うた。「確認できず。サイコ・モニターに反応なし」と答えたクルーの声が、戦闘モードに移行した《ガランシェール》のブリッジに響く。

「サイコ・モニターはNT－Dと連動しているという話だからな。一本角の状態ではトレースは無理か……。財団の船の動きは？」

「接触コースに乗っています。《木馬もどき》がこのまま周回速度まで減速するとして、接触予想時刻は約十分後。赤道直上三百六十キロ、東経十五度二十八分」

クルーの声を皆まで聞かず、ジンネマンは通信マイクを取り上げた。「ガエル・チャン、聞いての通りだ」と吹き込み、船長用のコンソールに通信ウィンドを開く。

「接舷《せつげん》作業に五分やそこらはかかるとしても、ぎりぎりのタイム・スケジュールだ。両艦が接触している最中に仕掛けることになるが、いいのか？」

（望むところだ）すでに《アイザック》のコクピットに収まっているガエルが、バイザーごしの目をこちらに向ける。（接舷中なら人の動きが読みやすい。最短時間で目標を捉《とら》えることができる）

無茶ではあるが、的確な判断だった。財団の船の目的が人員の引き揚げであるなら、マーサの部下たちは間違いなく接舷口のエアロックに集まる。当てもなく艦内を捜し回るより、その方が目標を捕捉《ほそく》しやすい道理だ。「了解だ。健闘を祈る」とジンネマンは言った。

（こちらもだ。短い間だが、世話になった）と、ガエルがめずらしく殊勝な応答を寄越す。

（お互い生き残ったら、一杯奢《おご》らせてもらう）

「ジオン臭い酒になっても知らんぞ？」

（なにごとにも例外はあるさ。……ガエル・チャン、出るぞ）

ごとん、と軽い震動が走り、船尾のハンガーから《アイザック》が放出されたことを伝えた。姿勢制御バーニアを噴かし、《ガランシェール》との相対距離を取ると、頭部のレドームが巨大な帽子に見える機体がモノアイを閃《ひらめ》かせる。虚空を漂ったのもつかのま、それは背部のメイン・スラスターから炎を噴き出させ、いまや視界からはみ出るほどの大きさになった地球に吸い込まれていった。

その半球を塗り潰《つぶ》す夜陰に紛れて、《木馬もどき》はビスト財団の船と接触しようとしている。地球の絶対防衛圏内、しかも大気圏すれすれの高度であれば、よもや敵襲があるとは予想していまい。『箱』の調査で艦載機が出払ったいまがチャンス——。ジンネマンはすかさず通信チャンネルを変え、「ギルボア、頼んだぞ」と手にしたマイクに吹き込んだ。

「奴《やっこ》さんが《木馬もどき》に取りついたら、陽動をかける。派手に仕掛けて、なるたけ時間を稼げ。マリーダは艦の中枢にいるだろうから、多少揺さぶっても問題はないはずだ」

(了解です。……が、信用できるんですか?)

ハンガーごと外に引き出されている三機の《ギラ・ズール》のうちの一機、頭部にブレードアンテナを装備した隊長機に収まるギルボアが、彼らしい慎重な声を返す。帰りを待つ家族がいる男には、あの保身も策略も入り込む余地のない目の色は判別できないらしい。微《かす》かに感じ取った断絶をよそに、ジンネマンは「バカさ加減では、おれたちといい勝負の男だ」と言っておいた。

「不器用さもな。信じていい相手だと思っている」

ギルボアも察しの悪い男ではない。(了解です)と寄越した声に、「じきに大佐ご一行も到着する。ティクバたちが待ってるんだ。無茶はするなよ」と付け加えたジンネマンは、通信を切って正面に目を戻した。戦闘モードに移行し、ブリッジ全体が九十度前傾しているため、通常なら前方に位置する窓は見えない。ブリッジの前半分をすり鉢状に覆うメイン・スクリーン上に、センサー画面など複数のウインドが開かれ、実景で投影された地球の映像を半ば隠しているさまが見て取れた。

単身、敵艦に突入し、マーサの部下とマリーダを同時に確保する作戦——自分同様、帰る場所を持たぬ男がどこまでやりおおせてくれるか。フロンタル隊の到着予定まで一時間弱、結果を待って焦《じ》れるしかない我が身に辟易《へきえき》しながら、ジンネマンは昼と夜の境目を際立たせる地球を見つめた。

姫様は、ご無事なのか？　努めて向き合わぬようにしている懸案が青い惑星に浮かび上がり、重い胸をさらに圧迫した。

※

高度二百キロメートルから見下ろす地球は、惑星というより地表だった。じっと見つめていると、このままひょいと地上に降りられそうな錯覚にとらわれる。

もっとも、そこにどんな人々がいて、どんな暮らしが営まれているのか、バナージは知らない。機体のナビゲーション・システムの表示を見れば、いま眼下にある海が大西洋で、前方に横たわる陸地がアフリカ大陸であることはわかる。その海岸線の一端、ちらちらと瞬く細かな光の集積が、連邦政府の首都ダカールの灯であることもわかるが、それだけのことだ。海岸に吹く風の匂いも、砂漠の暑さも、本物の重力の感触も想像しようがない。コロニーの筒の中で生まれ育った身には、まず惑星という巨大な生命維持装置のありようが腑《ふ》に落ちない。ただそこにあるというだけで、無尽蔵に重力を発生させ続ける球体とはなんなのだ？

夜の底に灰色の雲の筋を浮かべ、地球は無言の顔を真空に向けている。このバカでかい球体のどこかに、オードリーがいる——。足もとを流れる海面に目を凝らし、エメラルド色の瞳《ひとみ》をそこに重ね合わせたバナージは、「現在、指定座標に接近中」と発した硬質な声に顔を正面に戻した。

「三、二、一……ただいま指定座標を通過。緯度0、経度0、高度二百キロメートル。各センサーに反応なし。NT－D、ラプラス・プログラム、ともに反応認められず」

補助席の前に設置した端末を操作しつつ、ダグザが淡々と報告の声を重ねる。ここがラプラス・プログラムが指定した座標宙域か。0を表示したのも一瞬、すぐに東経に切り替わった経度の値をモニター上に確かめたバナージは、拍子抜けした思いで周囲を見回した。

（了解。〝史跡《レリック》〟の軌道、速度に変更なし。指定座標到達までTマイナス一二三八。これより接触コースに入れ）と応答したミヒロの声を聞きながら、各種センサーのウインドをオールビューモニター上に開き、CG補整された外周映像をあらためてチェックする。対物感知センサーが圏内の通信衛星を捕捉するばかりで、肉眼で捉えられる範囲にはデブリのひとつもない。「これよりレリックに接触する」と言ったダグザの声をよそに、バナージは頭上に位置する《ネェル・アーガマ》を見上げてみた。

高度四百キロの高みにある船体は、ここからは星の一粒としか見えない。接舷中のシャトルに至っては気配すら感じ取れず、存在しているのかどうかも定かでなかった。アルベルトたちアナハイム社の人間を引き揚げるため、《ネェル・アーガマ》に接触したシャトル。マリーダもそれに乗って地球に運ばれるのだという。重苦しい不安があるだけで、彼女の思惟《しい》を知覚できない自分にバナージはいら立ちを覚えた。

〈パラオ〉での戦闘の時は、もっと敏感に周囲の事物を察知できた。あの一瞬の〝共鳴〟といい、しょせんはハイになった神経が見せた幻覚でしかなかったのか——。

「なにか感じるのか?」

ダグザが言う。それこそエスパーかと思わせる勘の鋭さに、バナージは「いえ……」と答えた顔を慌てて前に戻した。

「サイコミュを介して、機体のシステムがおまえに直接働きかけてくる可能性もある。些《さ》細《さい》な変化でも報告しろ」

相変わらずのロボット人間の口調に、こちらも部品にされたような不快感が胸を埋めた。言われる前に操縦桿《そうじゅうかん》を操り、接触コースに向けて機体を旋回させたバナージは、「バカみたいだ、こんなの」と聞こえよがしに独りごちた。ぎろ、と音を立ててダグザの視線が後頭部に突き刺さる。

「『箱』ってなんなんです。形は？　大きさは？　こんなところにふわふわ漂ってるような物なんですか？」

「わからんから調べている。操縦に集中しろ。レリックと接触するチャンスは一度しかないぞ」

にべもない、とはこのことだった。思いきりスラスターを噴かしてやりたい衝動を堪《こら》え、バナージは事前に設定されたナビゲーション・プログラムに従って機体を操作した。赤道上空を離れ、南北の縦軸を巡る極軌道へ。北に向かって大きく弧を描いた《ユニコーン》を追って、それぞれ《ロト》を載せた二機の《リゼル》も地球の表面に弧を描いた。

速度計の数値がじりじりと上がり、併せて二百キロを保っていた高度計の目盛りも上昇し始める。あまり噴かしすぎると脱出速度に達し、機体が軌道を外れてしまう。低軌道上では常に秒速七・七八キロを維持しなければならず、レリック――〈ラプラス〉の残骸《ざんがい》も同じ速度を保って極軌道を巡っている。これに接触しようと思えば、いったん赤道を離れていままでの軌道速度を十分に相殺し、相対速度と高度を詰めながら極軌道に乗り直す必要がある。残骸の到着を待って、指定座標に留まるという芸当はできない。一点に留まる、すなわち地球の自転速度との相対速度を0にしたら、たちどころに重力の虜《とりこ》となり、大気圏に引きずり込まれる結果になるからだ。

地球の強大な重力と絶えず釣り合いを取らなければならない、低軌道ミッションの面倒さがここにある。事前に設定された接触コースを遵守し、タイム・スケジュール通りの機動をしなければ、指定座標上で〈ラプラス〉と接触することはできない。そして〈ラプラス〉がそこに差しかかるのが日に一度である以上、接触のチャンスもまた日に一度ということになる。チャンスは一度しかない、というダグザの言葉はまんざら威《おど》しでもなく、バナージは慎重に《ユニコーン》を操り、赤道と交差する極軌道に機体を寄せていった。問題のレリックはまだ肉視できる距離にはなく、通信衛星とリンクしたレーダー画面上にマーカーを点滅させるのみだった。

「ラプラス・プログラムは、機体の位置座標を認識してデータを開示している可能性がある。その証拠に、前回NT－Dが発動した際には新しい情報を開示しなかった」

接触行程を半分ほど終え、機体の減速をオート操作に委《ゆだ》ねた時、ダグザが不意に口を開いた。バナージは各種計器の数値から目を離さず、耳だけをそちらに向けた。

「〈ラプラス〉の残骸に『ラプラスの箱』……確かにバカげている。『箱』の存在が取《と》り沙汰《ざた》されるようになった時点で、とっくに誰かが調べているだろうしな。しかしラプラス・プログラムは、この座標になにかがあると示している。そして〈ラプラス〉の残骸は、毎日午前零時ジャストにこのポイントを通過する。緯度0、経度0、午前零時……暗示的な符合だ。確かめてみる価値はある」

現在時刻は二十三時四十四分。三つの0が交錯する瞬間まで、残り十六分——。次第に接近するレリックのマーカーにぞくりとしたものを感じつつ、「もともとそういう軌道に設定されていたってだけでしょう？」とバナージは言った。

「爆発で遠ざかっていた残骸が、重力に引かれて少しずつもとの軌道に戻り始めたって」

「そうだが、それだけが符合じゃない。指定された座標は、『ラプラス事件』が起こったポイントにぴたりと重なる。宇宙世紀０００１《トリプルオーワン》、午前零時零分。首相官邸〈ラプラス〉はここで砕け散った。連邦政府初代首相と、構成各国の代表たちとともに」

歴史の授業で見た、事件の記録映像が目の前の虚空に重なり合い、その只中《ただなか》にある体の温度をじわりと引き下げた。全世界が注目する中、なんの前触れもなくその形をひしゃげさせ、ドーナツ型の居住ブロックを内側から破砕させた〈ラプラス〉。およそ百年前、まさにこの場所で、この時刻に。

「『ラプラス事件』以後、連邦政府は保安上の問題を理由に、宇宙に拠点を置くことをしなくなった。地球偏重主義、反政府運動に対する徹底的な弾圧、結果として起こった一年戦争……。いまの世界は、すべて『ラプラス事件』の延長線上にあるものだと言えなくもない。仮に事件が起こらなかったら——」

「いまとは、別の世界があったかもしれない」

先を引き取り、「……そういうことですか？」とバナージは背後を振り返った。「詮《せん》ない話だ」と言い、ダグザは否定も肯定もしない目を伏せた。

「連邦政府は、もともと宇宙移民計画を実現するために造られた組織だ。国家、宗教、民族……旧来のあらゆるしがらみを克服し、人口の大半を宇宙に送り出すには、絶対的な権力と実行力を持つ調停機関が必要だった。人口増加と熱汚染で限界に達したこの星を救うために、人間は自らのうちに神を造り出したというわけだ」

雲間に覗《のぞ》くアフリカ大陸を見下ろし、ダグザは言った。発達した文明が人の寿命を延ばし、増えた人口を養う経済原理が資源を食い潰《つぶ》していった時、加速度的に滅びの道をたどり始めた旧世紀の地球。文明をダウンサイジングするか、外に活路を求めるかという二者択一において、人類は後者を選び取った結果を生きているのだったが、その選択を実現するのは容易なことではなかったろう。十人いれば十通りの思想をねじ伏せ、足並みをそろえさせるために、絶対的な力と権限を持つなにかが必要とされた。無慈悲で、傲慢《ごうまん》で、個々人の言い分には耳も貸さぬ神のような絶対者が。

人間だけが神を持つ——そういうこと、か？　使ったためしのない脳の領域が蠢《うごめ》き、頭に熱を帯びさせるのを感じながら、「神……。連邦政府が」とバナージは呟《つぶや》いた。ダカールの灯は遠く見えず、指定座標直下のギニア湾は深い闇に沈んでいた。

「話し合いで解決できることは少ない。力を持たない調停機関の無残は、旧世紀の国連が証明する通りだ。地球と人類を存続させるべく、逆らう者は容赦なくねじ伏せる無慈悲な神……。『ラプラス事件』は、そのような性質を持たされた連邦政府にとって都合のいい事件だった。反対勢力を一掃する口実ができたばかりでなく、非常事態救済機関として持たされた力を永続させることができる。傲慢であり続ける免罪符を手に入れられたのだからな」

「そんな……。それじゃ『ラプラス事件』は、連邦が仕掛けた自作自演のテロだってことですか？」

陰謀説の定番であるし、そんな内容の映画を観たこともあるが、ダグザのような大人が口にするそれには別の重みがあった。思わず聞き返したバナージに、「真相は闇の中だ」とダグザは答えた。

「だが、大人の世界では時としてそういうことが起こる。いったんシステムができあがれば、それを守るのが世過ぎになって、自分たちを客観視することができなくなる。『ラプラスの箱』にしてもそうだろう。中央の閣僚も官僚も、その中身を知る者はいまやほとんどいない。『箱』を畏《おそ》れよ、というしきたりだけが生き続けて、ビスト財団との共生関係が百年にわたって保たれてきた」

「しきたり……」

「個人の力では変えられないし、変えようという気すら起こさせない。組織それ自体が持つ自己保存の本能に呑《の》み込まれて、いつしか保身しか考えない歯車に成り果ててしまう。連邦に限らず、どんな組織でも起こることだ」

そう語るダグザは、しかし歯車になりきってはいない意志を湛《たた》えた顔だった。ロボット人間に一抹の神経が通ったように思い、ちらとその双眸《そうぼう》を覗き見たバナージは、『箱』には、その連邦を覆すだけの力がある」と慎重に切り出してみた。

「たとえば、『ラプラス事件』の真相を証明するデータのようなものだったとしたら――」

「それはないな。百年も昔の事件だ。当時の関係者は全員死んでいるだろうし、その程度のスキャンダルで連邦の屋台骨が揺らぐとも思えん。もっと根源的ななにかでなければ、『箱』に関するしきたりが成立することはなかったはずだ」

それはなんです、と喉《のど》まで出かけた言葉を呑み込み、バナージはディスプレイ・ボードに視線を落とした。わからんから調べている、とダグザは答えるだろう。『箱』の中身がなんであれ、連邦を守る立場にある彼に他の論理はない。それを批判するのもお門違いだった。そのように守られてきた世界の中で、自分もまた生まれ、育ち、文明の恩恵に与《あず》かっているのだと自覚すれば、迂闊《うかつ》な批判はそのまま自分に返ってくる。ダグザが口にした〝しきたり〟とは、すなわち社会秩序なのだ。

財団の意向を無視して『箱』を開放しようとしたカーディアスも、それをもって決起を目論《もくろ》むマリーダたちネオ・ジオンも、その観点からすれば秩序の破壊者ということになる。

そうした反対勢力をねじ伏せ、まがりなりにも秩序を維持してきたのがダグザたち連邦政府……生まれながらに傲慢であることを宿命づけられた無慈悲な神。一年戦争で大きく力を削られながらも、連邦は再び神の力を取り戻そうとしている。《ユニコーン》のようなモビルスーツを造り、ジオンの残党勢力を駆逐し、身を脅かす『箱』さえ手に入れようとしている——。熱しきった頭から吐息が漏れ出し、バナージは倦《う》んだ目を夜の底に眠る地球に向けた。

宇宙世紀始まりの地。連邦が連邦であり続けるために、罪を犯したのかもしれない歴史の分岐点。ここで本当に『箱』が見つかったらどうする？　連邦に渡せばそれでいいのか？　百年にわたって身を蝕《むしば》んできた憂いがなくなり、連邦を脅かすものはなくなる。オードリーが危惧《きぐ》していた全面戦争は起こらず、いまある社会の秩序も守られるだろう。だが、その先は？

連邦に拮抗《きっこう》する力を持ち、百年前に紡がれた希望を活《い》かそうとしながら、いつしか自らが怪物になっていた——カーディアスは、ビスト財団のことをそのように語った。だから《ユニコーン》にラプラス・プログラムを組み込み、『箱』への道標として世に放った。血の繋《つな》がりがあろうがなかろうが、自分は偶然からそれを受け取ったにすぎない。為すべきと思ったことを為せと言われても、なにをどう考えたらいいのかもわからない。オードリーを助けたいと思っただけで、おれには世界を受け止める力なんて……。

「あまり考えるな」

小石でも投げるようにダグザが言い、バナージは我に返った目をそちらに向けた。

「こいつを操縦して、調査に協力してくれればそれでいい。『箱』の正体がなんであれ、おまえのような子供が自分の未来と引き替えにするほどの価値はない」

それまで聞いた中でも、度外れて意外な言葉に違いなかった。本当にその口がそう動いたのかと疑い、バナージはまじまじとダグザの顔を見つめた。ダグザは決まり悪そうに視線を逸《そ》らし、「前を見ていろ」とぶっきらぼうに言った。

「相手は戦艦ほどの大きさもない残骸《ざんがい》だ。目視したらあっという間に近づいてくるぞ。注意しろ」

それきり目を合わそうとせず、口も開こうとしない。「わかってます」と応《こた》えた口もとがふっと緩み、バナージは少しは神経のほぐれた顔を正面に戻した。艦長が言う通り、ダグザだって根っからのロボットというわけではない。こういう人たちがいてくれるなら、連邦が『箱』を手にしても問題はないのかもしれない。考えなしにそう思い、のしかかる重圧がすっと取り払われるのを感じてから、自分のあまりの節操のなさにまた当惑する気分を漂った。

そんなセリフを口にできるダグザも本当なら、任務のためには人質作戦も辞さないダグザも本当。相反する要素を鉄面皮の下に隠し持ち、他者には見せない煩悶《はんもん》を責任感で縛り上げている。そしてそういう大人に反発を覚える一方、どこかで好ましいと感じている自分も間違いなく存在する。

これも〝しがらみ〟のひとつ——人を識別するのは本当に難しい。が、それさえも信じられなくなったら、なにを基準に物事を測ればいいのか。人の繋がりを信じ、信じた自分に腹を括《くく》る。リディが相手の時にはできたことが、いまはできない。マリーダとの〝共鳴〟がそうであったように、あれも戦闘でハイになった神経が生んだ錯覚でしかないのか。本物のニュータイプなら、平時でも人の本質を見抜き、誤解なくわかりあうことができるだろうに。

地球は、夜に沈んだ顔を向けるばかりだった。バナージは操縦桿《そうじゅうかん》を握り直し、無為な思考に蓋《ふた》をした。

二十三時五十三分。虚空の一点に目視された〈ラプラス〉の残骸は、確かにあっという間に大きくなり、オールビューモニターの視界を埋めた。高度計と速度計の数値に留意しつつ、バナージは徐々に〈ラプラス〉との相対速度を殺し、《ユニコーン》の機体を巨大な残骸に近づけていった。

もとは居住区であった円環構造物の欠片《かけら》は、直径四十メートル、全長は百三十メートル前後といった大きさで、外縁部に残った隔壁に〈Ｌａｐｌａｃｅ〉の文字を読み取ることができた。往時の様子を窺《うかが》わせるのはそれくらいで、鯨のあばら骨のように突き出した桁《けた》材《ざい》も、そこに割れ残った採光用のガラスも、無惨な残骸という以外に当たる言葉はない。堆積《たいせき》した星間塵《コズミック・ダスト》が砂のように吹き溜《だ》まり、〈Laplace〉の文字を読みにくくしているところは、まさに野ざらしの廃墟《はいきょ》と呼ぶのが相応《ふさわ》しい風情だった。

中は空洞になっているので、機体を進入させるのはさほど難しくない。張り出した鉄骨や桁材に接触しないようにしながら、バナージは《ユニコーン》を円環の内部に潜り込ませた。迂闊に構造物に触れると、《ユニコーン》の質量を引き受けた残骸の速度が落ち、地球の重力とのバランスが崩れる可能性がある。老朽化しているとはいえ、大気圏に突入した残骸が分解して燃え尽きるという保証はなく、これだけの質量を持った物体が地表に落下した結果は想像するまでもない。「なにも触るな」と押し殺した声で言うダグザに従い、バナージは慎重にも慎重を期して機体を操作した。ほどなく残骸との相対速度が0になり、《ユニコーン》は鯨の腹を想起させる空洞に分け入ったまま、いっさいの機動を停止した。

かつては偏光ミラーから注ぐ太陽光を受け、月と同程度の遠心重力を発生させていた円環の中は、いまは荒れ果てた廃墟という言葉も当たらない。ひしゃげた構造材とめくれ上がった隔壁、百年近く真空にさらされた桁材からなるがらくたの塊だった。こんなところに――いや、こんなところだからこそ、ということか？　実景に切り替えたオールビューモニターに光学補整をかけ、バナージは残骸の内部をぐるりと見回してみた。割れ残った採光ガラスに反射する《ユニコーン》の白い機体が、幽鬼さながらこちらを見返してきたのが不気味だった。

「過去に撮影された記録映像と比較しても、目立った差異はない。あとから細工が施されたとは思えんが……」

手元の端末に呼び出した現在映像との照合画面を見つめ、ダグザが鈍った声を出す。史跡として注意灯が設置されて以来、残骸がいじられた形跡はないということらしい。「じゃ、やっぱり座標が重要ってことですか？」とバナージは尋ねた。

「わからん。機体単体で指定座標を通過しても、なにも起こらなかった。ラプラス・プログラムがこの残骸を形状認識しているなら、セットで指定座標に到達しろということかもしれんがな……」

奥歯に物が挟まった声音に、胃がちくりと痛んだ。なにが挟まっているかは想像がつく。NT－Dの発動によって、段階的に『箱』の情報を開示すると目されるラプラス・プログラム。それが真実なら、ただ指定された座標宙域に来ただけではなにも起こらない。ここで再びNT－Dを発動させない限り、先には進めないのではないかという予測は、バナージの中にも等しくあった。

奥底の暗い感情を燃料にして、心身が爆発し続ける炉心になったかのような感覚――なにがあろうと、もう《ガンダム》になったこいつには乗りたくない。目を伏せ、操縦桿を握りしめたバナージは、「考えすぎるなと言ったろう」とかけられた声に顔を上げた。

「すぐに答は出る。この残骸に乗って、指定座標に流れていけば済むことだ」

そう続けたダグザの視線の先に、二十三時五十八分を指すディスプレイの時計表示があった。〈ラプラス〉の残骸が指定座標に差しかかるまで残り二分弱。どのみち、任意でNT－Dを発動させられるわけでもない。額に浮き出た汗を拭《ぬぐ》い、バナージは息を詰めてその時が訪れるのを待った。

残骸の外で待機する二機の《リゼル》も、固唾《かたず》を飲んで様子を見守っているように見える。両機から離脱した二機の《ロト》は、残骸の周囲を巡って外観を撮影しており、肩に設置された投光器の光が時おり内部にも差し込んでくる。「どんな些細《ささい》なことでもいい。外から見ていて、なにか変化があったら報告しろ」と呼びかけたダグザに、（ラジャー。いまのところ異常なし）とコンロイ。指定座標到達まで、あと三十秒。

二十秒、十五秒。十秒を切った時点でダグザがカウントダウンを開始し、「八、七、六……」と読み上げる声がコクピットの空気を張り詰めさせる。緯度0、経度0、午前零時まで残り――

「三、二、一……ただいま0ポイントに到達」

時計と座標計が同時に0を指し、日付が四月十五日に切り替わる。機体のシステムは正常。外周にも異状は認められない。一秒前までと同様、〈ラプラス〉の残骸は静まり返っている。

緯度、経度、時計のデジタル表示が一斉に秒を刻み始め、0の交錯は終わった。時刻表示が五秒を過ぎたところで、バナージは背後を振り返ってみた。後方に過ぎ去った指定座標の空間に、変わった様子は見受けられなかった。地球は相変わらず夜の底に横たわり、低軌道上には無辺の虚空だけがある。

やはり、なにも起こりはしない。「どうだ？」と問うたダグザに、「どうって、なにも……」と応えながら、バナージは落ち着けどころのない目を左右に泳がせた。ダグザは無表情を崩さず、「外観に変化は？」と冷静な声を無線に吹き込む。（異常なし。《ユニコーン》もレリックも、変化ありません）とコンロイ。その間にも各センサーをチェックし、過去映像との照合画面を精査したダグザは、指定座標から二百キロも離れた頃にふっと息をついた。

「かつがれたかな。カーディアス・ビストに……」

目頭を揉《も》み、肩に手をやる。微《かす》かに苦笑している顔に、こちらも緊張の糸が緩んだ。ほっとしたような、目の前の霧がまた一段と深まったような感慨にとらわれつつ、バナージは反り返った桁材ごしに頭上の虚空を見上げた。実景の宇宙は漆黒に近く、モニター上の各種表示がなければ機内にいることを忘れてしまいそうだった。

網膜に突き刺さってくる鮮烈な星の光と、その光をもってしても測りきれない闇の深淵《しんえん》。ふと、懐かしいという言葉が脳裏を駆け抜け、自分の思考のあまりの脈絡のなさに当惑した時だった。ヘルメットに内蔵されたスピーカーがノイズを奏で始め、そこに微かな人の声が混じるのをバナージは聞いた。

（……地球……宇宙に住む……みなさん、こんにちは。わたしは地球連邦政府首相、リカルド・マーセナスです）

ノイズの底から滲《にじ》み出す声が、次第に明瞭《めいりよう》さを増してゆく。ぎょっと目を見開き、当てもなく左右を見たバナージは、同じくコクピット内を見回したダグザと視線を交わらせた。互いに凍りついた顔を突き合わせたのも一瞬、「どこからだ」とダグザが鋭い声を出す。バナージは慌ててディスプレイ・ボードに手をのばした。

（間もなく西暦が終わり、我々は宇宙世紀という未知の世界に踏み出そうとしています。この記念すべき瞬間に……）

無線装置のパネルを操作し、受信情報を確認する間に、（なんです、これは）とコンロイの声が割って入ってくる。〝声〟は他の機体でも聞こえているらしい。「わからん。そっちで発信源を特定できないか」と応じたダグザを背に、バナージは受信中の全回線をディスプレイ上に呼び出した。短波から長波、光信号を含む全通信手段の一覧に、〝声〟に該当する受信情報は見出せなかった。

（いま、人類の宿願であった統一政権を現実のものとした我々は、旧来の定義における国家の過ちを指摘することができます。人間がひとりでは生きていけないように、国家もそれ単独では機能し得ないことを知っています）

（RX－0、レリックから通信波が発している。発信源を特定しているか）

見知らぬ男の〝声〟に、ミヒロのそれが折り重なる。「ここから？」と呻《うめ》いたダグザともども、バナージは残骸《ざんがい》の内壁を映し出すオールビューモニターにあらためて目を走らせた。すでにあらゆるセンサーを使ってスキャンしている。二百キロ先の《ネェル・アーガマ》ですら受信できる強力な電波発信源が、この荒れ果てた真空の廃墟にあるとは思えない。現に《ユニコーン》のセンサーは、該当する無線信号の存在を否定しているのだ。

まるで、亡霊の声――。思いついた体が総毛立ち、バナージは生唾《なまつば》を飲み下した。（これは……間違いありません）とコンロイが野太い声を詰まらせ、内蔵スピーカーを不穏に振動させる。

（こちらの探知では、発信源は《ユニコーン》です。あらゆる帯域を使って、《ユニコーン》からこの声が流されている……！）

桁材《けた》の向こうを漂う《ロト》が、乗り手の動揺を引き移して短駆《たんく》を身じろぎさせる。絶句したダグザの気配が不意に遠くなり、バナージは操縦桿《そうじゅうかん》から離した手を硬直させた。すぐには事態を呑《の》み込めず、システム・チェックを実行する理性も働かずに、ヘルメット内に響く亡霊の声を聞き続けた。

（間もなく始まる宇宙世紀とともに移民も本格化し、多くの人が宇宙で暮らすことを当たり前とする時代が来るでしょう。これは人の重さに押し潰《つぶ》されそうな地球を救うべく、人類が一丸となったことの輝かしい成果です）

（歴史番組で聞いたことがある。これは暗殺されたリカルド首相の演説だ）

（確認した。ライブラリーの記録と一致します。これは『ラプラス事件』の直前に放送された首相演説です……！）

　コンロイとミヒロが、興奮した声を〝声〟に相乗させる。百年近く前、この〈ラプラス〉から発信された連邦政府初代首相の演説——爆破テロによって砕け散り、いまだ宇宙と地球の狭間《はざま》を漂う亡霊の声。「ラプラス・プログラムの仕業なのか……？」と呟《つぶや》いたダグザの声を、バナージはもう聞いてはいなかった。ヘルメット内に溢《あふ》れ返り、頭蓋《ずがい》の奥に分け入ってくる〝声〟が、意識の深いところに染み込んでゆくのがわかる。それが自分では開けられない、開けたためしのないドアをこじ開け、溢れ出した言葉が〝声〟と一緒に意識を塗り潰してゆく。

（西暦と呼ばれた時間が、人類が人類たるアイデンティティを確立した揺籃期《ようらんき》とするなら、宇宙世紀はその次を目指す時間となることでしょう。我々は産児制限によって人の数を減らすのではなく、人口に見合った空間を外に開拓する道を選びました）

そう、そのために地球連邦政府は造られた、とバナージは確認する。あらゆるしがらみを調停し、逆らう者は実力で排除する非常事態救済機関。史上最大の権能を持たされたという意味では、人間が造り出した神とも言える絶対者……でも、神とはなんだろう？　人が造り出した概念。それぞれの人の中に宿るもの。可能性、と誰かが言った。人を数多《あまた》の動物と隔て、宇宙にまで進出させた力の源。理想を描き、理想に近づくために使われる偉大な力。多くの犠牲を出しながら、人は統一政府という可能性を実現した――。

（小さくなった揺り籠《かご》から這《は》い出した赤子は、成長をしなければなりません。我々は宇宙移民計画を実現する過程で、共通の目的のためならひとつに結束できると世界に証明しました。では、その次は？）

〝声〟が問う。答はなかった。おれたちは、まだ百年前に紡がれた可能性の中にいる。いまだ揺り籠から抜け出すことができず、可能性という名の神と向き合えずにいる。溢れ出した言葉が額のあたりに凝《こご》り、薄い光になって爆《は》ぜると、自分の意識が翔ぶのをバナージは知覚した。傍らにいるダグザの存在も、リニア・シートに収まる体の感触もあやふやになり、爆ぜた光の向こうで〝声〟の主が笑いかける姿を幻視した。

では、その次は――？　答えられないバナージを見つめ、〈ラプラス〉の亡霊が嗤《わら》う。

《ユニコーン》の一角がゆらりと持ち上がり、白い装甲の継ぎ目から赤い光が滲み始めた。

（宇宙世紀。ユニバーサル・センチュリー。字義通りに訳せば「普遍的世紀」ということになります。宇宙時代の世紀であるなら、ユニバース・センチュリーとするべきでしたが、我々は敢《あ》えて用法違いと思われる「普遍的《ユニバーサル》」を選び、新しい世紀の名前としました）

3

穏やかな、しかし確かな芯《しん》を感じさせる声音が、麻酔で鈍った聴覚に染み入ってくる。マリーダはうっすら目を開け、流れる視界に艦内通路の天井を捉《とら》えた。

定間隔に設置された蛍光パネルが次々に行き過ぎ、緩慢に流れる空気が顔に当たる。痺《しび》れの残る手を動かし、無重力用の担架に固定された我が身を確かめたマリーダは、焦点の定まってきた目を左右に動かしてみた。白い重装ノーマルスーツを着た男たちが、担架を囲んで通路を移動している。患者を運ぶ救護隊の面々といった光景だが、当の患者に意識を向ける者は誰もいない。それぞれに一癖ありそうな顔を正面に向け、黙々とリフトグリップに引っ張られている。腰のホルスターに覗《のぞ》く拳銃《けんじゅう》のグリップといい、明らかに医務に携わる者たちではない。

彼らが話しているのかと思ったが、そうではなかった。聞こえてくる〝声〟は、ヘルメットの内蔵スピーカーから流れる無線音声だ。誰が喋《しゃべ》っているのだ？　麻酔の苦味が残る唾液《だえき》を飲み下し、なにかの演説らしい〝声〟に耳をそばだてたマリーダは、「発信源は《ユニコーン》だと？」と発した別の声に瞼《まぶた》を震わせた。

「そう言っています。〈ラプラス〉の残骸《ざんがい》に接触した途端、勝手に発信が開始されたようです」

「ラプラス・プログラムの封印が解けたのか？　NT－Dはどうなっている」

「発動は観測されていないとのことですが……」

声のした方に目を動かす。ノーマルスーツの背中ごしに、肉厚の頬をこわ張らせる男の顔がちらりと覗いた。この《ネェル・アーガマ》のクルーではない。確かアルベルトとかいうアナハイム・エレクトロニクスの人間だ。ぼんやり思い出した頭に鈍痛が走り、マリーダはいったん目を閉じた。まだ体力が戻っていない。麻酔も完全に抜けきってはいないが、担架の固定ベルトはそれほどきつくないようだ。ゆっくり手のひらを握りしめ、眠りを引きずった体に活を入れてから、再び目を開けて周囲の状況を観察する。

見える範囲にいるのは、アルベルトとその部下らしい三人の男。接舷《せつげん》中のシャトルに向かう途中だろう。眠らされる直前に聞いた話では、自分は彼らとともに地球に移送されるとのことだった。軍施設に収容されれば、脱出はいよいよ難しくなる。生きてネオ・ジオンに帰れるとは思えないが、薬物を使った尋問で情報を喋らされ、マスターたちを窮地に追い込む事態だけは避けなければならない。作業用ノーマルスーツに包まれた体を身じろぎさせ、あちこち痛みを訴える身体の損傷具合を点検したマリーダは、動けないことはないと結論して男たちの気配を探った。

半日は目覚めないと請け合った軍医の言葉を鵜呑《うの》みにしてか、彼らは相変わらずこちらを意識の外にしている。この数なら倒せるか？　息を殺して自問した途端、「どうします。出発を延期して、調査を見届けますか？」と部下のひとりが口を開き、リフトグリップを握るアルベルトの背中がぴくりと震えた。

「ブリッジとの回線は維持しておけ。状況によっては出発時刻の変更もあり得ると、《クリムト》のキャプテンには伝えろ」

「は」と応じ、床を蹴《け》った部下がアルベルトを追い抜いてゆく。アルベルトはそれを見送りもせず、「なんの冗談だ……」と低い声を通路内に漂わせた。怯《おび》えているようなその背中を見、艦内スピーカーから流れる〝声〟に耳を傾け直したマリーダは、ふとバナージという名前を思い出して天井に視線を据えた。

この〝声〟は《ユニコーン》から発信されているという。また彼がパイロットをやらされているのだろうか。マリーダは体の緊張を解き、〝声〟の向こう側に意識を飛ばした。目を閉じ、あの獣のごとき《ユニコーン》の脈動を探ろうとして、不意に冷たい感触が胸に差し込むのを知覚した。

思わず目を見開き、指先を硬直させる。床下から突き上げる気配が担架とノーマルスーツを透過し、背中の肌をぞろりと粟立《あわだ》たせるのがはっきりと感じられた。《ユニコーン》のものではない。〝声〟が醸《かも》し出すものでもない。別のなにかが迫りつつある。殺気を湛《たた》えた何者かの目が、《ネェル・アーガマ》を見つめている。

捕虜の身で当たる言い方ではない。が、他にこの鋭い〝気〟のありようを表現する言葉はなく、マリーダは担架に横たえた体をこわ張らせた。背中を突き上げる何者かの気配を手繰り、虚空に飛ばした意識を凝らしながら、胸中に固まった言葉をしかと見定めた。

敵が来る――。


（宇宙で人が暮らすということ。そのために、全人類が一丸となって移民計画を推進してきたことも、また然《しか》りです。この奇跡を……事例にしては……ない）

演説の声に混ざり始めたノイズが、なによりの証拠だった。ぞっと震え上がった内心を押し隠したオットーは、「ミノフスキー粒子だと!?」と確認の声を荒らげた。

「濃度、急速に上昇中。干渉波ではありません」

左舷側のコンソールに着くセンサー長が、先回りの言葉を付け足してこちらを見る。どこかの商船が海賊除《よ》けに散布したものが、拡散過程で降りかかってきたのではない。何者かが意図的にミノフスキー粒子を充満させ、《ネェル・アーガマ》の目を潰《つぶ》そうとしているのだった。こんな時に、こんな場所で敵襲とは。レイアムと顔を見合わせたオットーは、「散布源の方位は」と間を置かずセンサー長に質《ただ》した。

「確認できず。拡散パターンが定常化しません。ミノフスキー・レーダーが欺瞞《ぎまん》されている模様」

「対物反応は」

「センサー圏内に感なし。熱源も反応なし」

センサー圏外から電子戦を仕掛け、ミノフスキー・レーダーすら無力化した敵。もはや疑う余地はなかった。この一週間あまりで鍛えられた反射神経に従い、オットーは「対空戦闘用意！」の一声をブリッジに響き渡らせた。

「総員、ノーマルスーツ着用。各砲座開け。付近の民間船に敵が紛れ込んでいる可能性がある。対空監視を厳となせ。直前のレーダー情報から、各船舶の位置の当たりは付けられるはずだ」

とはいえ、地球軌道上を往来する船の数は百以上。そう簡単に敵の位置が割り出せるとは思えないし、満身創痍《まんしんそうい》の《ネェル・アーガマ》に万全な防戦は期待できない。飛び交い始めた復誦《ふくしょう》の声とアラートの音を聞きながら、「どういう敵だ……」とオットーは独りごちた。当直兵からノーマルスーツを受け取ったレイアムが、「数がいるとは思えません」と冷静に相手をする。

「仮にも地球の絶対防衛圏内です。商船に偽装しているにしても、艦隊規模の戦力が侵入できたという話はないでしょう」

「それが問題だ。小戦力で仕掛けてくるからには、それなりの策がある敵ということになる」

ノーマルスーツに袖《そで》を通す動きを止め、レイアムはきょとんとした顔をこちらに向けた。自身、まるで歴戦の指揮官のような口ぶりに戸惑ったオットーは、「友軍の位置は？」と目を合わせずに質した。レイアムはノーマルスーツのファスナーを上げ、

「パトロール艦隊が巡回していますが、どれも静止軌道寄りに引っ込んでます。ただちに救援を要請したとして、三十分以内に接触できるかどうか」

「三十分……。これが敵襲なら、来た頃には終わっているな」

結果がどうあれ。内心に付け足し、自分もノーマルスーツを受け取ったオットーは、「調査隊を呼び戻せ」と通信席のミヒロに目を転じた。

「帰投後、ロメオ010と012は母艦の直掩《ちょくえん》に付ける。エコーズの《ロト》も砲台代わりになるはずだ。やらせろ」

「は。……《ユニコーン》は？」

ヘルメットをかぶり、席に座り直したミヒロが神妙な視線を寄越す。客観的に見て、《ユニコーン》が最大の艦載戦力であることは考えるまでもない。少し喉《のど》が詰まる思いを味わったあと、ノーマルスーツのファスナーを勢いよく引き上げたオットーは、「艦内で待機」と目を逸《そ》らしつつ答えた。

「わけのわからん演説を垂れ流しにしてるんだ。敵の的《まと》になる前に、艦内に避難させろ」

これ以上、子供の手を借りるわけにはいかない。「了解」と応じたミヒロがコンソールに向き直るのを見たオットーは、後悔が押し寄せる前に正面のスクリーンに目を移した。《ユニコーン》を載せたまま、地球の南半球上を滑る〈ラプラス〉の残骸は、赤道軌道に乗る《ネェル・アーガマ》との距離を刻々と拡げつつある。演説の声も電波障害のノイズに埋もれ、かつての首相官邸とともに次第に遠ざかってゆくようだった。

百年近く前、同じ場所から全世界に発信された連邦政府初代首相の声。『ラプラスの箱』といかなる関わりがあるのかはともかく、いまとなっては耳に痛い言葉であることは間違いなかった。未知の世界、新しい世紀、地球連邦という統一政府を実現した人類――。切れ切れな言葉を反芻《はんすう》し、鳴り響くアラートの音にそれをかき消されたオットーは、「皮肉ですね」と発した声を耳元に聞いた。

「全人類が一丸となった輝かしい成果……。その結果を生きている私たちが、いまだに殺しあっているなんて」

レイアムの声音は辛辣《しんらつ》だった。返す言葉が見つからず、オットーは無言でノーマルスーツのヘルメットをかぶった。宇宙世紀の始まりを告げる声は完全に途絶えることはなく、ノイズの底に滞留して無線を騒がせ続けた。

(互いを拒絶することなく、憎しみ争うことなく、一個の種として広大な宇宙と向き合ってゆく。ユニバーサル・センチュリーという言葉には、そんな我々の祈りが込められています)

どくん、と鳴った鼓動の音が、亡霊の〝声〟に応《こた》える。それは自分のもの？《ユニコーン》のもの？そうではなく、この〝声〟の主が溶け込んだ宇宙そのものが脈動した音……？

わからなかった。ただ、自分という人間の奥底で、自分の知らない自分が〝声〟に反応している。マシーンと同化した肉体が脈動し、内なる思念が四方の虚空に放射されているのだとわかる。そう、宇宙世紀とは可能性の世紀であるはずだった——脈動する思念が囁《ささや》き、バナージは己の内から滲《にじ》み出したその声を聞く。

人類が次の段階に、より高次の存在になり得る可能性。その戸口で流された膨大な血の量を知るがゆえに、この〝声〟の主たちは次代に祈りを託さずにはいられなかった。その先になにがあるのか、わからないまま。

『わからないから描く。考える。これは人間にだけ与えられた能力だ』

虚空に巨大な刺繡画《ししゅうが》が浮かび上がり、凝集した影がカーディアスらしい人の形を作る。ビスト邸に飾られていた六枚のタペストリーのひとつ、『天幕』と題された刺繡画だ。〝私のたったひとつの望み〟と記された天幕の前で、侍女が捧《ささ》げ持つ『箱』に首飾りを収める貴婦人。獅子《しし》と一角獣《ユニコーン》がその両脇に侍《はべ》り、貴婦人を天幕の中へと誘うかのように頭をもたげる——。

『五感では感じられないなにか、いま現在を超えるなにか……。それは神と呼ばれるものかもしれないし、人の願望が創り出した錯覚かもしれない。だがその存在を信じ、世界に働きかけることができるなら、それは現実を変えることだってある』

天幕の内から光が滲み出し、虚空に浮かぶユニコーンと《ユニコーン》を包んでゆく。皆がその存在を信じ、愛することによって生まれた伝説の獣。人々は存在の可能性だけでこの獣を養い、もはや実在するかどうかは重要ではなくなった——。古《いにしえ》の詩の一節が、バナージの思惟《しい》をかすめて過ぎる。

『正しいか、正しくないかは重要じゃない。彼らにはそれが必要だった。残酷で不自由な世界で生き続けるために、この世界には改善の余地があると信じさせてくれるなにかが必要だった』

十字架に磔《はりつけ》にされた男を見上げ、マリーダの形になった影が言う。未来に込められた希望……それは過去を贖《あがな》い、現在を慰める祈り。彼らは、百年前に宇宙移民を断行した人々は、切なかったのだろう。追い込まれていたのだろう。連邦という傲慢《ごうまん》な神を創り、己の行く末を委《ゆだ》ねねばならぬほどに。だからありもしない希望を語り、次代に可能性を託さずにいられなかった。カーディアスと、百年前に『箱』を手にした何者かがそうであったように。

『かつてジオン・ダイクンは、宇宙に出た人は革新し得ると言った。環境に適応して進化した新たな人のかたち……ニュータイプ。余剰人口を宇宙に追放して、地球に居残った特権階級者たちにとって、この考え方は自分たちの立場を覆すものに思えた。だからジオニズムと、その発祥の地となったサイド3を弾圧した』

影が揺らぎ、フル・フロンタルの仮面を虚空に形作る。現実を語る冷徹な声音に、バナージの思惟がざわめく。

『ジオン公国は、一年にわたる戦争の後に負けた。しかしそれで連邦政府は増長をして、地球中心政策をますます推し進めるようになった。連邦の鎖を断ち切り、スペースノイドの自治独立を実現するために、我々は——』

それは理解できる。正しい、とも思える。が、どこかで考え落ちをしているのではないか？　言えば言うほど、可能性から遠ざかってゆくようなもどかしさを感じる。なんだろう、この頭がつかえる感覚は。祈りは祈りでしかなく、可能性は永遠に可能性であり続けるだけだと断定する声音の冷たさは。

実在するかどうかは問題ではない。信じることで育《はぐく》まれ、現実に働きかけるものだって存在する。ユニコーン、可能性の獣。おれは、おれたちは、その先にあるものが見たい。人は革新し得るという可能性をもって、この〝声〟の主が指し示す未来を——。

どくん、どくん、どくん。ばらばらな記憶、言葉の断片が脈動し、それまで繋《つな》がっていなかった神経を繋げてゆく。《ユニコーン》の中に眠るなにかがそれに感応し、サイコフレームの輝きが装甲の隙間から漏れ出す。どくん、どくん……力強く、規則正しく、人体を通う血流のように。知と血を持たされた人の体温を増幅し、無辺の時間と空間に押し拡げるかのように………

刹那《せつな》。

冷たく鋭い〝気〟が時空の一点に生じ、脈動の音が霧散した。バナージは目を見開き、現実の視界の中にオールビューモニターの映像を捉《とら》えた。

荒れ果てた廃墟《はいきょ》の向こう、横一線に広がる地球の輪郭線上に、心身を圧迫する〝気〟の凝集がある。闇から迫るもの、仇《あだ》なすもの。知覚した体が勝手に動き、バナージは操縦桿《そうじゅうかん》を握り直した。静止していた《ユニコーン》が頭をもたげ、一角のブレードアンテナをずいと持ち上げる。装甲から漏れ出すサイコフレームの輝きは消え、白亜のマシーンが〈ラプラス〉の残骸《ざんがい》の中で身じろぎした。

(わたしはどのような宗教にも属していませんが、無神論者ではありません。高みを目指すため、自らの戒めとするため、己の中により高次な存在を設定するのは、人の健康な精神活動の表れと信じています)

電撃的に動いた四肢が操縦桿を握り、フットペダルを踏み込む。止める暇はなかった。背部と脚部のメイン・スラスターが一斉に火を噴き、いきなり前進を開始した《ユニコーン》の機体が〈ラプラス〉の残骸から飛び出してゆく。ダグザは正面からのGに組み伏せられ、体勢を整える間もなく補助席に押しつけられた。

「バナージ……⁉」

「なにかが来ます。《ネェル・アーガマ》が狙われている」

ぴしゃりと言い放ち、バナージは迷いのない顔を前方に向ける。ダグザはディスプレイ・ボードを覗《のぞ》き込み、各種計器の数値をざっと確かめた。〈ラプラス〉の進行方向とは逆にスラスターを噴かし、一気に軌道速度を殺した《ユニコーン》は、大気圏すれすれの高度で加速に転じ、赤道軌道に乗り直すコースをたどりつつある。大推力のスラスターに頼りきった無茶な機動だが、機体の性能をよく把握した巧みな操縦とも言えなくはなかった。

アラートサインの表示はひとつもなく、各システムは正常に稼働中。いまだ初代首相の演説は止まらず、無線発信も続いていたが、パイロットの正気を疑う要素はとりあえず見当たらない。「……平気なのか？」とダグザはバナージの横顔を窺《うかが》い見た。レーダー上に未確認機《アンノン》の反応はなく、オールビューモニターに映る宇宙は静寂の中にある。「わからない。間に合わないかもしれない」と応えたバナージは、《ネェル・アーガマ》がいるはずの虚空から目を動かそうとしなかった。

「そうじゃない。おまえの体の方だ。いま、おまえは……」

意識を失っていた――いや、飛ばしていたと言うべきか。すぐには表現する言葉が見つからず、ダグザは言い澱《よど》んだ顔をバナージから逸《そ》らした。演説が流れ始めて間もなく、バナージは魂を吸われたかのように無反応になり、同時にサイコフレームの光がコクピットを満たすようになった。反応する敵がいないにもかかわらず、NT－Dを発動させた機体が〝変身〟の兆候を示したのだった。まるでバナージの異変を感じ取り、同調するかのごとく。

機体のサイコミュがパイロットに働きかけたのか、パイロットの感応波がシステムを動かしたのか。どちらにせよ、すでにNT－Dは沈黙し、《ユニコーン》は一本角のまま低軌道上を滑空している。あと少しでなにかがわかりそうだったのに。唇を噛《か》み、とうに見えなくなった〈ラプラス〉の残骸を振り返ったダグザは、（ブリッジよりモビルスーツ隊各機）と発したミヒロ少尉の声を聞いた。（ただちに現状任務を放棄し、母艦へ帰投せよ。現在、ミノフスキー粒子を感知。敵対的散布の可能性大。くり返す……）

ぎょっと正面に顔を戻す。航路管理衛星とリンクするレーダー画面にノイズが走り、電波障害が始まっていることを伝えていた。無線も雑音がひどくなり、なにごとか叫ぶコンロイたちの声が遠くなってゆく。健在なのは《ネェル・アーガマ》から送信されるレーザー通信のみで、他の回線は軒並み受信レベルが落ち、各センサーの有効半径もミノフスキー粒子下の限定状態に切り換わりつつあった。

ほんの数秒前にはすべてが正常だった。こいつは、ミノフスキー粒子の到来より早く敵の存在を察知したのか？　少しぞっとする思いでバナージの横顔を凝視したダグザは、「いた……！」と耳朶《じだ》を打った声に再度心臓を跳ね上がらせた。

一点を見据えて動かないバナージの目が微《かす》かに細まり、その全身から殺気が迸《ほとばし》る。センサー有効半径のはるか先、《ネェル・アーガマ》の位置はレーザー信号で判じられるが、こいつはそのさらに向こうに敵の存在を見出《みいだ》しているらしい。「数はわかるか？」とダグザは半信半疑の思いで問うてみた。バナージは振り向きもせず、

「ひとつ……いや、違う。うしろに別動隊が潜んでいる」

「うしろだと……？」

さすがに呆《あき》れた。無駄を承知でバナージの視線を追い、CG化された紺色の虚空を見つめたダグザは、薄気味の悪い感触を抱き直して傍らの横顔に目を戻した。

モビルスーツの装甲ごしにも敵の気配を感知し、相手の動きを予見して仕掛けるというニュータイプ。第六感の存在を否定する気はないし、サイコミュ兵器の脅威も身に染みて理解してはいるが、そんな化け物のような人間が本当に実在するものなのかどうか。否定の論拠を並べようとして、並べきれずに顔を背けたダグザは、ピンク色の光軸が闇を走るのを見た。

赤道軌道をめぐる《ネェル・アーガマ》の後方、虚空の一点からのびた光が《ユニコーン》の傍らをかすめ、夜の顔を向ける地球に吸い込まれてゆく。メガ粒子砲の光……だが、《ネェル・アーガマ》を狙ったものではない。二撃、三撃と飛来する亜光速の敵弾は、極軌道を滑る〈ラプラス〉の残骸に狙いを定めている。正確には、そこに留まる《ネェル・アーガマ》のモビルスーツ隊を狙い、センサー圏外から長距離射撃を仕掛けているのだ。

モビルスーツ各機の位置はわからなくても、一定の軌道速度を保つ〈ラプラス〉の残骸の位置を予測し、周辺にビームを撃ち込むのは困難なことではない。撤収命令が出てから十秒と少し、コンロイたちはまだ残骸周辺に留まり、軌道変更の算段を整えている頃合か。

「狙いはモビルスーツ隊……。《ネェル・アーガマ》を孤立させるつもりか」と呻《うめ》いたダグザは、あらためてバナージの顔を見た。端《はな》から敵の位置を見定めている目は正面を向いて動かず、傍らをかすめ飛ぶビームにおののく素振りさえなかった。

軌道変更のタイミングがあと少し遅れていたら、《ユニコーン》もこの長距離砲撃に巻き込まれ、〈ラプラス〉の残骸で足止めを食う結果になっていた。やはり、こいつには自分には見えないものが見えている。もはや疑う余地はなく、ダグザはビームが飛来する先に視線を転じた。相変わらず敵の気配も察せられない自分がもどかしく、流れ続ける演説の声に悪態のひとつも吐きたくなった。

〈西暦の時代、それは神の言葉としてさまざまに語られてきました。人はどのように生きるべきか。いかにして世界と向き合うべきか。モーセが授かった十戒の例を持ち出すまでもなく、それらに対する教えはあらゆる宗教に伝えられています。人間の言葉ではなく、人と神の契約の説話として〉

出力を抑え、チャージの時間を最短に設定したビームランチャーの光軸は、地球の夜の面を引っかく細い爪だった。残像が収まると同時に新たなビーム光が走り、〈ラプラス〉の残骸があるべき空間に糸のような引っかき傷を刻み込む。約五秒の射撃間隔は、三機の《ギラ・ズール》が交替で行うにしては上等と言える。そうそう当たるものではないとはいえ、残骸周辺に展開するモビルスーツ隊には十分な脅威になっているだろう。

　ギルボア隊は確実に敵の足を止めてくれている。なんの抵抗もなくそう思い、《ガランシェール》とのレーザー・リンクを再確認したガエル・チャンは、ふと唇の端を吊《つ》り上げた。

「ジオンに背中を預けることになるとはな……」

　しかも、攻める相手は連邦宇宙軍の艦ときている。妙なものだと思いつつ、ガエルは《ネェル・アーガマ》の船体を拡大ウインドの中に見つめた。予測位置のマーカーにCGをかぶせてあるので、センサー圏外であっても船体の形状は確認できる。左舷《げん》側のカタパルト・デッキを失い、左前足の欠けたスフィンクスといった形状を赤道上空に浮かべる《木馬もどき》——かつての《ホワイトベース》に似たモビルスーツ母艦。いまだ対空火線のひとつも上がらぬ白亜の船体を見、アンチ・ミノフスキー・レーダーの作動が良好であることを確認したガエルは、《アイザック》の速度を慎重に殺していった。速度が下がると同時に高度も下がり、ランデブー軌道に乗った《アイザック》が刻々と《ネェル・アーガマ》に近づいてゆく。

　導電性物質のない宇宙空間では、ミノフスキー粒子の分布濃度や拡散度合いから散布源の位置を推し量ることができる。その役目を果たすのがミノフスキー・レーダーで、これを使えばミノフスキーの海に沈む敵の方位を割り出し、先制攻撃をかけることも不可能ではないが、電子的な装備は電子的な手段で殺せるものだ。電子戦に特化したこの《アイザック》には、そのための装備がある。現在、《ネェル・アーガマ》のミノフスキー・レーダーは、でたらめな拡散パターンを検知して混乱しており、《ガランシェール》の方位さえ把握できずにいる。この隙に光学センサーで捕捉《ほそく》されないぎりぎりの距離まで近づき、一気呵成《いっきかせい》に仕掛ける。機動性もジェネレーター出力も、現用モビルスーツに比すれば著しく低い《アイザック》だが、互いを目視できる位置ではどのみち一瞬の勝負だ。まずは敵に探知されずに接近できればそれでいい。

「恨みはないが……。けじめは取らせてもらう」

夜の地球を背景に、点の大きさになった白亜の船体が実景映像で捕捉される。ガエルは火器管制装置《FCS》のパネルに触れ、ザク・マシンガン改の通称で呼ばれる実弾兵装を即時射撃位置に構えた。撃ったが最後、敵もこちらの存在に気づき、集中砲火を浴びることになる。秒単位の段取りを頭に呼び出し、先制の引き金《トリガー》に指をかけた時だった。突然、目の前のオールビューモニターが真っ白に染まり、激震に見舞われたコクピットがぎしぎしと悲鳴をあげた。

「なんだ……!?」

ビームの飛散粒子が外装に当たり、小石をぶつけたような音を連続させる。ガエルは機体の姿勢を制御し、マシンガンの銃口をビームの飛来方向に据えた。《ネェル・アーガマ》

からの砲撃ではない。別の方位から大出力のビームを撃ってきた敵がいる。《アイザック》のモノアイが忙《せわ》しなく左右に動き、足もとの地球から急接近する機影をセンサーに捕捉すると、CG補整された敵影が該当ありの表示とともに拡大投影された。

「《ユニコーン》か……！」

マグナム・カートリッジを装備した専用ビームライフルを携え、一本角が特徴的な純白の機体が真下から突き上げてくる。ガエルは反射的にトリガーを引き、回避運動を取った。ザク・マシンガン改の銃口が火を噴き、五発に一発の割合で仕込まれた曳光弾《えいこうだん》が薄黄色の火線を引く。《ユニコーン》は予期していたようにそれを避け、ビームライフルを一射した。通常のライフルとは桁違《けたちが》いのメガ粒子弾が虚空を引き裂き、《アイザック》から三キロと離れていない空間に光の瀑布《ばくふ》を打ち立てる。再び飛散粒子の雨が降りかかり、ダメージ報告のウインドが矢継ぎ早にモニター上に開いた。

高熱の粒子を浴びた装甲が穴だらけになり、右膝《みぎひざ》関節のフィールドモーターが復旧不能のサインを灯《とも》す。長距離射撃に頭を押さえられているのに、なぜこうも早く立ち回ることができたのか。瞬時に機動力を半減させられた《アイザック》の現状を確かめたガエルは、唇を噛《か》んで一本角の機体を睨《にら》み据えた。

その機動性の高さ、装備の威力は、開発に立ち会った身にはよくわかっている。動きの鈍った旧世代のモビルスーツなど、《ユニコーン》にとってはカカシも同然。次で殺《や》られるという予感に疑いはなく、ガエルは三射目の光が閃《ひらめ》くのを覚悟して待ったが、こちらを正面に捉《とら》えたまま、《ユニコーン》はビームライフルを放とうとはしなかった。

絶好の射線上に敵を捉えたにもかかわらず、白い機体が惑ったふうにライフルの銃口を下ろす。まるでこちらに逃げるチャンスを与えてくれているかのような挙動が、まっとうなパイロットのものであろうはずはなかった。やはり乗っているのは彼か。直感した頭がかっと熱くなり、ガエルはマシンガンのトリガーを引き搾った。

巨大な空薬莢《やっきょう》が矢継ぎ早に排出され、連射された百二十ミリ弾が光の線条を《ユニコーン》にのばす。高度を下げて回避したものの、《ユニコーン》は応戦しようとはしない。無駄のない機動で回避運動をする一方、殺気の失《う》せた機体が何度でも《アイザック》の前に立ち塞《ふさ》がり、母艦に行かせまいとまとわりついてくる。出し抜こうと思えば出し抜ける――が、このまま見過ごしていい相手ではない。予定外の行動、それも計画を御破算にしかねない愚かな行動であることは承知の上で、ガエルは《アイザック》の左腕にビームサーベルを引き抜かせた。

ランデブー軌道から逸脱するのもかまわず、スラスターを噴かして機体の速度を下げる。重力に引っ張られた機体の高度が下がり、《ユニコーン》との相対距離が一気に縮まった瞬間、ガエルは機を逃さずビームサーベルを振り下ろした。

腕側面のラックからグリップを引き抜くや、《ユニコーン》もビームサーベルを発振させる。両者の光刃が激突し、スパークの閃光《せんこう》が膨れ上がる。弾《はじ》かれそうな機体を踏み留まらせたガエルは、「バナージ・リンクス！」と全身を声にして叫んでいた。

「なんて戦い方だ。敵は墜《お》とせる時に墜としなさい。そんなことでは生き残れませんぞ！」

（なに……？）と戸惑う声が接触回線を震わせる。間違いない。初代首相の改暦宣言も微《かす》かに聞こえてくる。ラプラス・プログラムは順調に予定の手順を消化しているらしい。確認した途端、思いもよらない充足感が胸に拡がるのを覚えながら、「あなたには、やるべきことがある」とガエルは重ねた。

『箱』の正体を見極めて、よりよく使う方法を考えるのです。それがあなたに《ユニコーン》を託したお父上の遺志だ」

（なにを言って……！　誰なんです、あなたは!?）

「誰でもいい。必ず生き残って、お父上の遺志を継ぎなさい。あなたには、それができるだけのセンスがあると見た」

そうでなければ、このタイミングで〈ラプラス〉の残骸《ざんがい》を離れ、自分の前に立ち塞がれるわけはない。これこそ天の配剤――すべては収まるべきところに収まりつつあるのかもしれない。一秒未満の感慨を抱きしめ、力押ししか知らない《ユニコーン》の剣を払ったガエルは、その勢いで《アイザック》を《ユニコーン》から離脱させた。（待て！）と叫んだバナージの声と、初代首相の演説の声がたちまち遠ざかってゆく。

ダミー・バルーンをばらまき、一応の牽制策《けんせい》を取ってから、《ネェル・アーガマ》とのランデブー軌道に乗り直す。うしろから撃たれるのなら、それはそれでかまわない。後事を託せる相手と出会えたと信じて、生き恥をさらすのもここまでにしよう。数秒前には想像もしなかった心理に苦笑したガエルは、死に体の《アイザック》にスロットルの鞭《むち》をくれた。

「人生も捨てたものではないと思いたい。生き残りなさい、バナージ・リンクス。お父上のためにも」

独りごちたガエルを乗せ、《アイザック》がスラスター光を閃かせる。《ネェル・アーガマ》の対空火線が上がり始め、殺到する機銃弾の光条が猪突《ちょとつ》する《アイザック》の機体を包み込んだ。

(いま、神の世紀に別離を告げる我々は、契約更新の時を迎えようとしています。今度は超越者としての神ではなく、我々の内に存在する神——より高みに近づこうとする心との対話によって。宇宙世紀の契約の箱は、人類がその総意から生み出したものであるべきでしょう)

モビルスーツ大に膨らんだダミー・バルーンをビームサーベルで切り裂き、ライフルの狙いを敵機に付ける。トリガーにかけた指がぴくりと引きつった刹那《せつな》、巨大なレドームが帽子に見える敵機の背中が《ネェル・アーガマ》の軸線上に重なり、バナージは咄嗟《とっさ》にトリガーから指を離した。

この位置関係では《ネェル・アーガマ》に当たる。舌打ちする一方、撃たずに済んでほっとしている胸の内を覗《のぞ》いたバナージは、「《ネェル・アーガマ》、確認しているか」と発したダグザの声に慌てて操縦桿《そうじゅうかん》を握り直した。

「一時の方向、プラス四十七度。敵機が接近している。迎撃しろ」

艦の応答を待たず、ダグザは鋭い目をこちらに注いできた。視線を逸《そ》らし、フットペダルを踏み込もうとしたバナージは、「やめろ」と発した声に危うく機体を踏み留まらせた。

「いま近づいたら、《ネェル・アーガマ》の弾幕に巻き込まれる。後方の敵の警戒に当たれ」

硬い声だった。それも当然と思える一瞬の出来事を反芻《はんすう》し、バナージは針のように対空火線を撃ち立てる《ネェル・アーガマ》をモニター上に見つめた。火線に接触したダミー・バルーンが次々に破裂する中、たった一機で強襲を掛ける正体不明の敵機。ネオ・ジオンのパイロットにしては、こちらの事情を知りすぎていた。ビスト財団の関係者だろうか？　だが、そうなら『袖付《そでつ》き』のモビルスーツに乗っている道理はなく——。

「父親……と言っていたな」

集中砲火をかいくぐる敵機から目を逸らさず、ダグザがぼそりと言う。バナージは、びくりと震える肩を止められなかった。

「どういうことだ。おまえは――」

音がするような閃光がモニターの向こうで咲き、続くはずの言葉を遮った。ダグザとともに光の方を見遣《みや》ったバナージは、《ネェル・アーガマ》に突進する敵機が炎に包まれる光景を見た。

無数の対空火線を浴び、火だるまになった機体がなおも前進を続ける。「特攻か……⁉」と呻《うめ》いたダグザの顔は、直後に膨れ上がった光球に塗り潰《つぶ》された。満身に機銃弾を受けた敵機が内側から誘爆し、艦の直近で四散したのだった。防眩《ぼうげん》フィルターでも減殺しきれない強い光がコクピットを満たし、バナージは思わず目を細めた。

背部のプロペラント・タンクを弾けさせ、人型を散らした敵機が爆光に呑《の》まれてゆく。それは瞬時に冷やされ、青白く滞留するガスと化して、千々に引き裂けた破片を《ネェル・アーガマ》の周辺に漂わせた。湾曲したレドームの残骸が機体の面影を残すのみで、脱出用のイジェクション・ポッドが射出された形跡もない。「バカな真似を……」と低く呟《つぶや》いたダグザの声が演説の声に混ざり、バナージは拡大ウインドに映る《ネェル・アーガマ》を凝視した。接舷《せつげん》中のシャトルともども、どうやら無事であるらしい船体を視界に収めながら、重苦しい感覚が抜けない胸に手を当てた。

敵の長距離砲撃は続いている。人心地つける状況でないのは当然にしても、このざわざわと落ち着かない胸はどうしたことか。いまの爆発も、漂う破片群も、どこか空々しい。あのパイロットが放っていた鋭い〝気〟は、まだ消えていないと思える。根拠のない確信を抱いて、バナージは彼方《かなた》の虚空に目を転じた。長距離砲撃の光条が発する先で、別の〝気〟が鎌首をもたげるのが感じられた。

（ご承知の通り、地球軌道上のステーションに首相官邸を置くことについては、さまざまな議論がありました。交通の利便性や警備上の観点からすると、確かに望ましい選択とは言えません。しかし、我々は宇宙世紀に踏み出そうとしているのです）

戦闘ブリッジのメイン・スクリーンを通して、その爆発の光は肉眼でも確認することができた。夜に塗り潰された地球を背に、針の先端ほどの光が一瞬の灯を燃焼させる。

「客人のレーザー信号途絶。《木馬もどき》の直近です」

操舵《そうだ》席に収まるフラストが、こちらに振り返りつつ報告する。予定通り、と言っている目に小さく頷《うなず》いたジンネマンは、「よし。ギルボア隊は前へ」と無線のマイクに令した。

「シャトルを引っ付けてる《木馬もどき》は足が鈍い。せいぜいかき回してやれ。二十分を過ぎたら撤退信号を出す」

（了解。客人の働きに期待しましょう）

応じるや否や、《ガランシェール》の前方に位置するギルボアの《ギラ・ズール》が身じろぎし、ビームランチャーを背部のエネルギー・ユニットごとパージする。敵艦に肉迫して陽動を仕掛けるのに、強力でも取り回しの悪いビームランチャーは適さない。標準装備のビームマシンガンで十分だ。他の二機もギルボア機に倣《なら》い、ビームランチャーを手放すのを見たジンネマンは、「油断はするな」と指揮官の繰り言を重ねた。

「マンハンターのモビルスーツは戦力外にしても、新型の可変機の性能は侮れん。《ガンダム》の動きも思ったより速いようだ」

攻撃開始直前に〈ラプラス〉の残骸を離脱した《ユニコーン》は、すでに《木馬もどき》の直掩《ちょくえん》に入っている。単なる偶然か、攻撃の気配を察してもしたのか。(勘のよさそうなガキでしたからね)とギルボアも含んだ声を出す。

(うちのチビどもも気に入っていたようです。チャンスがあったら、《ガンダム》ごと引っ張ってきますか?)

「欲張るなよ。ラプラス・プログラムのデータはサイコ・モニターで傍受できる。いまはマリーダの救出が先決だ」

脳裏をよぎったバナージ・リンクスの瞳《ひとみ》から目を背け、ジンネマンは言った。「キャプテンの言う通りだ。《ガランシェール》の操舵はおまえの腕がいちばんなんだからな。余計な色気を出して、くたばるんじゃねぇぞ」とフラストが口を挟む。(了解)と応じたギルボアの声は苦笑混じりだった。

（ギルボア隊、突撃します！）

三機の《ギラ・ズール》が一斉にスラスターを噴かし、《木馬もどき》とのランデブー軌道に機体を寄せてゆく。三つの噴射光が視界から消えるのを待たず、ジンネマンは索敵モニター内を移動する《ユニコーン》のマーカーに視線を移した。こうなってしまえば、武装のない《ガランシェール》にできることはない。ギルボア隊がパージしたビームランチャーをプチMS《モビ》に回収させたあとは、メイン・スクリーンを眺めて前線の戦況を占うのみ。それにしても、ミノフスキー粒子に各センサーを阻害され、味方機のレーザー信号の動きから戦況を憶測するしかないのだから、精神衛生に悪いことこの上ない。サイコ・モニターを介して、《ユニコーン》の動きだけでもトレースできるのがせめてもの救いだった。

もっとも、サイコ・モニターが伝えるのは《ユニコーン》の所在ばかりではない。ジンネマンは、先刻からブリッジに流れ続けている演説の声音に耳を傾けた。午前零時を皮切りに始まった演説——《ユニコーン》から発信される連邦政府初代首相の声は、サイコ・モニターを介して《ガランシェール》でも受信されている。NT-Dが発動していないにもかかわらず、サイコ・モニターが《ユニコーン》のトレースを開始したのは、この〝声〟に反応してのことと見て間違いなかった。

ミノフスキー粒子を振動させる感応波が搬送波に使われているため、千キロ以上の相対距離でも〝声〟は明瞭《めいりょう》に聞き取れるが、聞こえてありがたいものでもない。「気味が悪《わり》ぃな」と呟いたフラストに異論はなく、ジンネマンは苦い目を操舵席に向けた。

「位置を教えてくれるのはありがたいが、どうにも耳障りだ。まさか、この演説が流れておしまいってんじゃないでしょうね？」

「サイコ・モニターが反応しているんだ。ラプラス・プログラムが作動しているのは確かだが……」

応じつつ、スクリーン上に開いたサイコ・モニターのウインドを見る。音声データの受信が表示されるのみで、ラプラス・プログラムが新情報を開示する気配はない。顎鬚《あごひげ》を撫《な》でようとして、ノーマルスーツのヘルメットに手をぶつけたジンネマンは、ひとつ鼻息をついて船長席に腰を据え直した。学校やテレビで何度か耳にしてはいるが、全文をまともに聞いたためしはない改暦宣言。「この音声データを解析しろってことですかね？」と言ったフラストに、「わからん」と返しながら、軽く頭を振って暗示的な言葉の数々を意識の外に追い出した。

「まだNT‐Dの発動は観測されていないんだ。この先に隠されたなにかが——」

「レーザー通信受信！」と発したクルーの声に、先の言葉が遮られた。フラストがすかさず正面に向き直り、「《レウルーラ》からか？」と確認の声をあげる。ジンネマンは航法士席に収まるクルーの後頭部を見遣った。

「いえ、違います。これは……」

言い澱《よど》んだクルーの声音に、背筋がひやりと冷たくなるのを感じた。時刻は午前零時十二分。予定より三十分も早いが、この段階で通信を送ってくる相手が他にいるとは考えられない。応答をフラストに任せたジンネマンは、メイン・スクリーンを凝視した。茫漠《ぼうばく》と広がる常闇の向こう、この不可解な戦場に割って入る傲岸《ごうがん》な重圧がひとつ——。

「フル・フロンタル。もうお出ましか……」


(地球と宇宙の狭間《はざま》に身を置かねばわからぬこともあると思い、わたしは首相権限でこれを押し通しました。西暦の最後の日、改暦セレモニーとともに宇宙世紀憲章を発表するのであれば、その舞台はここをおいて他にないとも考えました)


焼けてめくれ上がった外装にワイヤーガンを撃ち込み、巻き上げ機を作動させる。とがった鉄骨にノーマルスーツが触れないよう留意し、剝《む》き出しになった内甲板に取りつきさえすれば、計画の第一段階は成功したも同然だった。

「簡単なものだと言いたいが……。ここから先は運だな」

独り呟き、ガエルは《ネェル・アーガマ》の甲板に足を着けた。先の戦闘でもぎ取られたカタパルト・デッキの破断面は、幅二十メートル、高さも五メートル以上ある巨大なもので、焼け焦げた装甲やひしゃげた構造材が片付けもされずに放置され、火事場の跡といった惨状を呈している。ガエルが取りついたのは破断面の中程に露出したサービスルートで、十メートルほど奥に進んだところに非常用隔壁があり、絶対零度の真空と艦内とを隔てていた。

事前に予測した通りの光景だった。アナハイム社から入手した艦内図面と、ネオ・ジオンが撮影した写真とを照らし合わせれば、破損箇所の状況はだいたい察しがつく。対空砲火の只中《ただなか》に飛び込むや、撃破直前の《アイザック》から身ひとつで離脱、携帯用バーニア《ランドムーバー》を使って《ネェル・アーガマ》に取りつく――。タイミング勝負の無茶なプランを実行する気になったのは、このカタパルト・デッキの破孔が格好の侵入口になると踏んだからに他ならない。ガエルは溶け崩れた鉄骨を蹴《け》り、隔壁の前に身を寄せた。表面に付着した煤《すす》を手で払い、腰に付けた高性能爆薬・SHMXを隔壁にセットする。有線式の起爆装置を差し込み、壁際まで後退したあとは、起爆スイッチに指をかけて最適な瞬間が訪れるのを待った。

ほどなく破孔の向こうにビームの火線が走り、沈黙していた対空火線が再び上がり始めた。ギルボア隊の陽動が始まったのだ。ガエルは壁に背中を押し当て、錯綜《さくそう》する火線をヘルメットのバイザーごしに見つめた。擦過弾を受けた艦が動揺し、震動が背中に伝わった刹那《せつな》、起爆装置のスイッチをひと息に押し込んだ。

隔壁に仕掛けられた爆破装置が音もなく炸裂《さくれつ》し、直径一メートルほどの破孔を穿《うが》つ。爆散した破片が虚空に噴き出し、艦内の空気が怒濤《どとう》のごとく流れ出して、急減圧で凝結した水蒸気がサービスルートに霧を立ちこめさせる。ガエルは鉄骨を手がかりに破孔の前ににじり寄り、艦内に向かってワイヤーガンを撃った。即座に巻き上げ機を作動させ、押し寄せる空気に抗《あらが》って破孔をくぐり抜ける。壁に足を着け、崖《がけ》を登るようにしてサービスルートの奥へ。ごうごうと唸《うな》る空気がヘルメットを叩《たた》き、無音に慣れた鼓膜を刺激した。

減圧を感知した非常用隔壁が作動し、鋼鉄の壁が通路を塞《ふさ》ぎ始める。できれば閉じたい目を見開き、ガエルは壁を蹴り続けた。天井から下りる隔壁が視界を塞ぎ、床との隙間がみるみる狭くなってゆく。閉め出されるか、押し潰《つぶ》されるか。ガエルは渾身《こんしん》の力で壁を蹴り、体を丸めて——直後、隔壁の閉まる音を全身で聞いた。

全身を包む風の音がだしぬけにやみ、ワイヤーガンの巻き上げが止まる。いつの間にか閉じていた目を開け、ガエルは周囲を見回した。非常灯の陰鬱《いんうつ》な赤色に塗り込められ、艦の中枢に続く通路が目の前にあった。背後には閉じたばかりの隔壁があり、ノーマルスーツの腕に仕込まれた気圧計は一を差しつつある。どうにか成功か。ほっと息をつき、ヘルメットのバイザーを開けたガエルは、まずは顔じゅうに噴き出した汗を拭《ぬぐ》うのに専念した。

敵襲と同時に起こった隔壁の破損と、それに呼応した新たな緊急隔壁の閉鎖。敵弾の直撃と思いこそすれ、よもや侵入者が仕掛けたものとは思うまい。依然として続く戦闘の震動を体に感じ、頭に叩き込んだ艦内経路図を呼び出したガエルは、最寄りのロッカールームに向かって床を蹴った。

ぐずぐずしていると応急要員とかちあう羽目になる。ネオ・ジオンのパイロットスーツ姿のままではいかにもまずい。通路内に鳴り響くアラームの音をよそに、ガエルは無線を連邦軍艦艇の使用帯域に切り替えた。戦闘中はオープンが原則の艦内無線を受信していれば、おおよその状況をつかむことができる。

(弾幕は上に集中させろ！　敵も低軌道に乗ってるからには、簡単に回頭はできない。落ち着いて狙えば当たるはずだ)

(接舷《せつげん》中のシャトルが邪魔になって、十七番から二十一番の近接防御火器《CIWS》が使えない。なんとかならないのか)

(《クリムト》より《ネェル・アーガマ》、こんな状況で大気圏への再突入はできない！　発進は延期する。クルーとゲストを艦内に退避させてもらいたい)

(《クリムト》、全乗員の艦内への退避を認める。状況によっては貴船の放棄もあり得る。退避を急げ)

飛び交う無線の中から、必要な情報を選り分けるのもミノフスキー時代の軍人の仕事になる。一度は《クリムト》に乗り込んだゲストたちは、再び《ネェル・アーガマ》艦内に戻ってくるらしい。ロッカールームで連邦のノーマルスーツに着替えるのに五分、《クリムト》との接舷口に向かうまでに五分。ジンネマンと約束した二十分の猶予内に、マーサの子飼いどもをひとりでも確保し、マリーダ・クルスとかいう捕虜を奪還することができるか——。すでに三分が経過した時間を腕時計に確かめ、ガエルは入り組んだ通路を滑るように飛んだ。《《ガンダム》はなにやってんの！　出てるんなら応戦させろよ》と怒鳴った誰かの声が無線を走り、無重力を駆ける体に一抹の重みをかけた。

〈今日、ここには地球連邦政府を構成する百ヵ国あまりの代表が集い、吟味に吟味を重ねた宇宙世紀憲章にサインをしました。間もなく発表されるそれは、のちにラプラス憲章と呼ばれ、人と世界の新たな契約の箱として機能することになるでしょう〉

背部のアタッチメントから砲身を引き抜き、マガジンをセットする。前方側面の補助グリップが起き上がり、砲身がスライド伸長すると、ハイパーバズーカの射撃準備は完了だった。

ビームライフルを背部に収め、身長に匹敵する砲身を肩に担った《ユニコーン》が射撃態勢を取る。三機の《ギラ・ズール》が素早く散開し、後方に位置する《ネェル・アーガマ》へと向かう。頭上に抜けた一機を照準画面のレティクルに捉《とら》えたバナージは、息を詰めて発射トリガーを引いた。砲身内部で発射用推進薬が炸裂し、押し出された三百八十ミリ弾が砲口から射出されると、排煙器《エバキュエーター》から逃がされた熱と爆風が四方にガスの帯を押し拡げた。

回転しながら直進する三百八十ミリ弾が薄いガスの尾を引き、加速する《ギラ・ズール》の行く手をかすめる。同時に近接信管が作動し、起爆した砲弾内部から数百個の鉄球がばらまかれる。直径五センチ程度の鉄球群が爆発的に膨らみ、脚部に直撃を受けた《ギラ・ズール》の機体が大きく傾いたが、致命傷でないことはわかっていた。バナージはすかさずフットペダルを踏み込み、《ユニコーン》の高度を上げた。間を置かず応射されたビームが足もとをかすめ、マシンガン・タイプの光弾が虚空を真一文字に引き裂く。

他の二機は《ネエル・アーガマ》に取りつき、対空火線をかいくぐって船体にビームの雨を降らしている。加速して船体の上に回り込み、一撃を加えるや否や減速、眼下に抜けつつ火線の射程圏から離脱する。速度の増減が高度差になって表れる、低軌道上ならではの一撃離脱戦法を駆使する敵機に対して、艦上に配置された二機の《ロト》はほとんどなす術《すべ》がない。各々の肩に装備した対空機銃と四連ガトリング砲が火を噴き、火線の放列に虚《むな》しい光を添える一方、艦の上下についた二機の《リゼル》がビームライフルを撃ち放つ。彼らにしても、普通の空間戦闘とは勝手が違う戦いに戸惑いの色がありありだった。軌道速度の維持に気を取られて、その動きは明らかに精彩がない。母艦にへばりつくしかない彼らに対し、敵編隊は変則的なリズムを刻んで一撃離脱攻撃をくり返している。敵の方が圧倒的に低軌道戦に習熟しているのだ。

ブリッジからは帰艦命令が出ていたが、とても戻れる状況ではなかった。自身、速度計と高度計に意識の半分以上を持っていかれながら、バナージは二射目のハイパーバズーカを放った。ぐんと高度を下げた敵機の頭上で散弾が炸裂し、細かな火花をその装甲上に爆《は》ぜさせる。やはり致命傷ではない。

さらに高度を下げたあと、再度加速に転じた《ギラ・ズール》がビームマシンガンを応射してくる。回避運動を取りつつ、バナージは残り三発のハイパーバズーカを迫る敵機に向けた。予測侵攻曲線を見定め、やや下寄りに照準のレティクルを合わせた瞬間、「動き回る敵にバズーカは不利だ」とダグザの声が耳朶《じだ》を打った。

「ビームマグナムを使え。この距離なら……」

「だめです。あれは強力すぎる」

かすめただけでモビルスーツの装甲をぐずぐずに溶かし、誘爆を促しさえするビームマグナム――あんなものを使わないでも、敵を後退させることはできる。「手加減できる状況か！」と怒鳴ったダグザを無視して、バナージは機体に急減速をかけた。

高度が一気に下がり、敵機との相対距離が狭まる。「落ちるぞ！」と叫んだダグザを背に、バナージは高度二百キロで加速に転じ、すれ違った《ギラ・ズール》の足もとに回り込んだ。背部ランドセルのスラスターが四基とも展開し、急上昇する《ユニコーン》が真下から敵機を追い上げる。

「接近戦なら……!」

照準の芯《しん》をずらし、ハイパーバズーカを撃つ。《ギラ・ズール》の二キロ脇をかすめた弾頭が炸裂し、ばらまかれた鉄球が濃緑色の機体に振りかけられる。ほぼ真正面に百個以上の鉄球を浴びた《ギラ・ズール》は、体勢をぐらりと崩し、右手に携えたビームマシンガンを手放した。鉄球の直撃を受けたらしいビームマシンガンが爆発し、オレンジ色の光輪を膨れ上がらせる。

爆光に照らされ、姿勢制御バーニアを噴射した《ギラ・ズール》がゆるゆると後退してゆく。ジェネレーターは破損していない。あのまま重力に引っ張られることはないはずだ。確認したバナージは、残り二機の敵影を捜して左右に目を走らせた。「わざと外したな」とダグザが低い声を背中にぶつけてくる。

「殺さなくたって、後退させればいいんでしょう?」

「母艦に回収されて、また出てくるだけのことだ」

「その時は、また後退させれば済むことです」

目を合わせずに言った途端、「遊んでいるつもりか、貴様!」と怒声が耳元を突き抜け、肩をつかまれた体がリニア・シートに押しつけられた。バナージは唇を噛《か》み、あくまでダグザと視線を合わせないようにした。

「さっきの男のセリフじゃないが、敵は墜とせる時に墜とせ。おまえが見逃した敵が味方を、おまえ自身を殺すかもしれんのだぞ」

つかまれた肩が冷たくなり、怜悧《れいり》な現実を全身に押し拡げてゆく。認めるわけにはいかない。認めた途端にマシーンに呑《の》まれ、底暗い感情を爆発させ続ける生きた炉心になってしまう。ぼろぼろに傷ついたマリーダの体、流れ弾で消し飛んだ名も知らぬ誰か――もうたくさんだ。「遊びなもんか！」と腹から声を搾り出し、バナージはダグザの手を払いのけた。

「自分が死ぬのも、人が死ぬのも冗談じゃないって思うから、やれることをやってるんでしょう!?」

直《じか》に合ったダグザの瞳《ひとみ》が揺れ、瞼《まぶた》が震える。すぐに顔を背けたバナージは、不意に鳴った接近警報の音に心臓をわしづかみにされた。

対物感知センサーに、右上方から迫る敵機の反応が映る。相対距離は二十キロ以下、回避は間に合わない。バナージはビームサーベルを引き抜き、急接近する敵機に《ユニコーン》を正対させた。オールビューモニターに点の大きさの敵影が目視され、あっという間に拳《こぶし》大に膨れ上がると、ビームホークを携えた《ギラ・ズール》の機体が視界の全部を埋めた。

形成された光刃が斧《おの》に見えるビームホークが振り下ろされ、受け止めたビームサーベルがスパークの光を閃《ひらめ》かせる。ばちばちと爆ぜる高熱粒子の向こうに、飾り羽根のようなアンテナを生やした敵機の頭部を見定めたバナージは、(バナージ、聞こえるか)と発した声にぎょっと目を見開いた。

(ここは退がれ。おまえとやりあうつもりはない)

「ギルボアさん……!?」

一つ目《モノアイ》をぎらつかせる《ギラ・ズール》の面相に、〈パラオ〉で向き合った黒い肌の顔が重なり、ビームサーベルの発振ボタンを押し込む指先が震えた。傍らでダグザが息を呑む間に、(艦は沈めない。終わるまで後方に退がってろ)とギルボアの声が続く。

(おれたちの目的はマリーダの奪還だ。《ガランシェール》もすぐそこまで来ている)

「そんな……! どうする気なんです」

(手は打ってある)《ユニコーン》と斬り結んだまま、人の有無を確かめるように一つ目を左右に振った《ギラ・ズール》は、最後にもう一度こちらを見た。(いいな、退がってるんだぞ。おまえが死んだら、ティクバだって悲しむ)

言うが早いか、ビームホークの発振を収めた《ギラ・ズール》が《ユニコーン》から離れる。「ギルボアさん、待って……!」と叫んだ声に返事はなく、バーニアを噴かし、踵《きびす》を返して遠ざかるギルボア機の背中がバナージの視界に残された。たちまち虚空に溶け込んだ機体の先で、《ネェル・アーガマ》が対空火線の光を点滅させ続ける。バナージは考える間もなくフットペダルを踏み込み、《ユニコーン》をそちらへと飛翔《ひしょう》させた。

「手は打ってある、だと……？」

急加速のGの中、ダグザがぼそりと呟《つぶや》く。目を合わせる必要はなかった。ダグザも自分と同じことを考えている。先刻、《ネェル・アーガマ》に特攻を仕掛けた敵機——艦の直近で四散してみせ、艦内に侵入したかもしれない何者か。「RX－0よりロメオ010、《ネェル・アーガマ》へ中継頼む」と無線に吹き込んだダグザの声を聞きながら、バナージは軌道を逸脱しないぎりぎりの加速で《ユニコーン》を疾《はし》らせた。

「艦内に敵が侵入した可能性あり。目的は捕虜の奪還と推測される。ただちに警備態勢を強化、検索巡回の要あり。送れ」

この距離なら、より母艦に近い僚機に中継を頼んだ方が通信は確実に伝わる。《ネェル・アーガマ》の下方に位置する《リゼル》が了解の光信号を返し、艦との相対距離を詰めるのを見たバナージは、多少息がつけた思いで《ネェル・アーガマ》に視線を移した。左舷《さげん》側に接合するシャトルの船影を見、マリーダはまだ艦内にいると確かめてから、ふと、おれはいったいなにをしているのかと当惑する気分に駆られた。

ジンネマンたちが来ているなら、マリーダは彼らの手に返した方がいい。考えるまでもないことだし、そう考えるだけの繋《つな》がりがあると信じるからこそ、ギルボアも自分には作戦の目的を教えたのに違いない。にもかかわらず、いまこの瞬間まで自分はそのことを忘れていた。艦内に敵が侵入したという一事にとらわれ、対応を促すことしか頭になかったのだ。

敵と味方――いや、その分け方自体が自分には当たらない。どちらの顔も知っている。結局はどっちつかず、どちらの役にも立たない不実な傍観者。人も自分も殺したくない臆病な偽善者が、戦場の混乱に拍車をかけているだけのことだ。被害者面をぶら下げて、適当に撃った弾で人を殺して。

これではいけない。無闇に事態を混乱させるだけで、自分も他人も救えはしない。ではどうするという思考は働かず、バナージは操縦桿《そうじゅうかん》を握る手から力が抜けるのを感じた。頭を振り、正面に目を戻す。閃く火線の向こうで、オットー艦長やコンロイ少佐が戦っている。ミヒロ少尉も、ギルボアも戦っている。タクヤとミコットだって恐怖と戦っているだろう。

なら、おれは――？　錯綜《さくそう》する光を見つめ、当てのない自問をくり返した時だった。《ネェル・アーガマ》に近づきかけた《リゼル》がビームに貫かれ、爆散するのをバナージは見た。

青い機体を呑み込んだ火球が膨れ上がり、ザーッと電波障害のノイズが流れる。バナージは加速をかけ、《ユニコーン》を上昇させた。長距離砲撃とわかる太い光軸が足もとをかすめ、夜の地球を照らすようにして拡散する。

「新手か……!?」

ダグザが呻《うめ》く。方位と威力からして、ギルボアたちが放ったビームではない。《ネェル・アーガマ》の前方、ビームが飛来した先に視線を飛ばしたバナージは、身知《みし》ったプレッシャーが彼方《かなた》から押し寄せてくるのを知覚した。こちらとは対向する方位から赤道軌道に乗り、すさまじい相対速度で接近する新手の敵。その暴威が風圧になって頭皮を引っ張り、たったひとつの言葉がビーム光のごとく胸中を貫いた。

赤い彗星《すいせい》――！

（地球連邦政府の総意のもと、そこに神の名はありません。人類の原罪についても言及されていません。これから先、もし最後の審判が訪れるとしたら、それは我々自身の心が招き寄せた破局となるでしょう。すべては我々が決めることなのです）

「神様ってのが本当にいるなら、キスしてやるよ……！」

全身を突き上げる喜悦に任せて叫び、トリガーを引く。ビームランチャーの砲口からメガ粒子の塊が吐き出され、ピンク色の閃光《せんこう》が《木馬もどき》をかすめて後方にのびる。

《ガランシェール》から転送されたサイコ・モニターの情報が確かなら、奴は間違いなくこの先にいるはずだ。アンジェロは、《ユニコーン》との接触に備えてアームレイカーを握り直した。ビームの射線上に咲いた爆光も、他の敵機の動きも目に入らず、低軌道上にいるはずの白い機体だけを捜し求めた。

斜め後方につくキュアロン中尉もトリガーを引き、親衛隊仕様の《ギラ・ズール》がビームランチャーを撃ち放つ。まばゆい光芒《こうぼう》が真一文字にのび、前方を行く《シナンジュ》の赤い装甲を浮かび上がらせる。羽根に見えるスラスター・ユニットを背中に広げ、大気の被膜上をかすめ飛ぶその姿は、まさに大天使と表現するのが相応《ふさわ》しい。機体に倍する大きさのブースターにしがみつき、気絶するほどのGを浴びながら《レウルーラ》を発って九時間あまり。加速に加速を重ねる危険な航程を経て、地球軌道に着くなり《ユニコーン》とまみえることができたのも、すべてこの赤い大天使の導きによるものに違いない。長旅の消耗が瞬時にリセットされ、気力と体力が満ち溢《あふ》れてくる我が身を実感したアンジェロは、彼方に閃く複数の火線を睨《にら》み据えた。

互いに同じ軌道を対向しているため、《木馬もどき》との相対速度は秒速十五キロを超える。回避する間はないし、その隙を与えるつもりもない。接触まであと三十秒足らず――。(狙いは《ユニコーン》だ。他は無視しろ)と告げたフロンタルの声を、アンジェロは当然のこととして受け止めた。

（ジンネマンはマリーダを奪回するつもりだ。《木馬もどき》は彼らに任せておけばいい。我々は《ユニコーン》に仕掛けて、NT－Dの発動を促す）

「は！」

（遠慮はするな。墜とす気でかからないと、《ガンダム》には勝てんぞ。例のマグナム弾に注意しろ）

言われるまでもなかった。「は！　親衛隊、露払いをさせていただきます」と応じたアンジェロは、チャージが完了したビームランチャーのトリガーに指をかけた。

九時間あまりの航程を、寝て過ごすような真似はしていない。これまでの戦闘記録から機体の性能とパイロットの癖を割り出し、対ガンダム戦術のシミュレーションは完成させている。まずはNT－Dを発動させ、奴の本性を引きずり出してやる。キュアロン機に合図を送ったアンジェロは、《ユニコーン》との相対距離が五十キロを割った瞬間にトリガーを引き搾った。同時にキュアロン機も発砲し、交錯するビーム光が十字砲火を形成する。

二軸の火線に狙い撃たれ、つんのめるように制動をかけた《ユニコーン》が高度を下げる。その機体とすれ違いながら、アンジェロは虚空に向けてグレネードを放出した。シールド裏の射出器から放たれたグレネードが次々に起爆し、予測通りのポイントに回避した《ユニコーン》の機体が折り重なる光輪に包まれる。スラスターを全開にして急減速をかけ、一気に数キロの高度を滑り下りたアンジェロは、チャージ完了のアラームを待って再度ビームランチャーのトリガーを引いた。

Gに押しひしがれた視界に、シールドのIフィールドでビームを弾《はじ》いた《ユニコーン》の機影が映る。直後に接近警報が鳴り、飛来するバズーカ弾の存在をアンジェロに知らせた。《ユニコーン》が撃ってきたのだ。ビームに較べれば亀の歩みに等しい実体弾が迫り、頭上で炸裂《さくれつ》する。

「そんなもの……!」

大気層の反発効果を利用して跳躍し、《ユニコーン》と同方向の軌道に乗り直す。ばらまかれた鉄球をするりと避け、応射のビームを放ったのは《シナンジュ》も同じだった。《ユニコーン》はIフィールドを展開したシールドを前面に突き出し、殺到するビームを弾きつつ横合いに移動する。またバズーカが来ると覚悟したが、《ユニコーン》は回避運動に徹し、高度をとって後退する挙動をみせた。射線上にこちらを捉《とら》えたにもかかわらず、なにもせずにただ引き下がったのだ。

これまでの《ユニコーン》からは想像外の挙動だった。弾切れではあるまい。たとえバズーカの弾が尽きても、《ユニコーン》の背中にはビームライフルが懸架《けんか》されている。持ち替えて撃つタイミングは十分にあったはずだ。アンジェロはチャージ途中のビームランチャーを一射した。細いビームの光軸が《ユニコーン》をかすめ、反撃のバズーカ弾が射出される。それはアンジェロ機の斜め前方で起爆し、散弾の雨を散らして、加速する《ギラ・ズール》の装甲をわずかに傷つけるのに終始した。

まるで芯《しん》をずらしたかのような射撃、鈍すぎる機動。地球の重力に引っ張られることを恐れてでもいるのか？　ちらと考え、後退するばかりの《ユニコーン》を見据えたアンジェロは、違うと結論して奥歯を噛《か》み締めた。

いまの《ユニコーン》からは戦意がまったく感じられない。いつもの押し返してくる覇気がなく、ただ逃げ回っているのだ。機体が不調なのか、そもそも戦う気がないのか。

「バカにして……！」と呻き、アンジェロは我知らずアームレイカーにかけた指をこわ張らせた。

「いまさらそんな態度が通用するものかよ。さっさと《ガンダム》になってみせろ！」

そうでなければ、ここに来た意味がない。アンジェロはビームランチャーのトリガーを引き搾った。《シナンジュ》もビームライフルを放ち、複数の火線にさらされた一本角の機体が風に吹かれるように揺らいだ。

（いま、我々の目の前には広大無辺な宇宙があります。あらゆる可能性を秘め、絶え間なく揺れ動く未来があります。どのような経緯でその戸口に立ったにせよ、新しい世界に過去の宿業を持ち込むべきではありません）

（間違いない、あの赤いモビルスーツだ。すごい速度で上を抜けていった！）

（《ガンダム》が引き離されていくぞ！　後部各砲座、援護できないのか!?）

（艦の防御で手一杯だ。モビルスーツ隊はなにをやってるの！）

艦内無線を飛び交う殺気立った声を聞き、フル・フロンタルが来たらしいと得心した瞬間。鋭い〝気〟の壁がゆらりと立ち上がり、その圧力が背筋を突き抜けるのをマリーダは知覚した。

目を左右に動かし、流れる天井と、担架を取り囲む寡黙な男たちの顔を見回す。外から流れ込んできた〝気〟ではない。外を錯綜《さくそう》する複数の〝気〟とはベクトルの異なる、もっと直截《ちょくせつ》で暴力的な気配がこの通路を進んだ先にある。マリーダは担架に固定された身をよじり、頭にかぶせられたヘルメットのバイザーごしに前方を見た。シャトルの発進を延期し、中央の重力ブロックに退避する途上の男たちは、誰ひとりこちらを見ようとしない。時折り艦内を伝播《でんぱ》する振動に身を縮こまらせ、一刻も早く安全な場所に逃げ込むことだけを考えている。

ふと、その中のひとりと目が合った。こちらの視線に気づきでもしたのか、アルベルトが青ざめた顔を背後に振り向け、マリーダは瞼《まぶた》を閉じる間もなくその目を見返してしまった。ぽかんと目をしばたたいたかと思うと、アルベルトは不意に頬をこわ張らせ、「おい、捕虜が……」と傍らの部下に注意を促す。もう時機を窺《うかが》う余地はなかった。異変に気づいた部下が振り返るより速く、マリーダは少しずつ緩ませておいた固定ベルトをぐいと外側に押しやった。

一気に右腕を引き抜き、肩を縛りつけるベルトの止め具に手をかける。そのまま身を捩《よじ》り、勢いで担架をひっくり返そうとした刹那《せつな》、突然わき起こった激しい爆発音が通路内を満たした。

ぎょっと身構えた男たちの背中が、前方からなだれ込んできた白煙に覆われてゆく。同時に先刻とは種類の違う轟音《ごうおん》が二度、三度と連続し、アルベルトの傍らにいた男が後方に弾け飛んだ。放り出された担架が横転し、通路の側壁が目の前に迫るのを見たマリーダは、唯一動かせる右腕を突き出して受け身を取った。さらに轟音が鳴り響き、「ひ……！」とアルベルトの悲鳴が通路にこだまする。

それが最後だった。通路は出し抜けに静寂に引き戻され、対空機銃の振動音が遠く近くに響くだけになった。担架ごと宙を漂いながら、マリーダは目の前を漂う血の玉を見た。白煙の中に浮かぶ赤いアメーバのごときそれは、天井付近を漂うノーマルスーツの胸から点々と噴き出し、刻々と形を変えてマリーダの頭上を流れてゆく。その向こうには、同じく胸を射貫《いぬ》かれたノーマルスーツが折り重なるように二つ。さらに向こう、側壁に背中を押しつけ、床に座り込む格好になったノーマルスーツの男は、顔面を撃ち抜かれたのだろう。血桶《ちおけ》になったヘルメットから血の玉を浮き上がらせ、拳銃《けんじゅう》を引き抜きかけた腕をゆらゆらと遊ばせていた。

つんと漂う硝煙に、血の腥《なまぐさ》さが入り混じる。まるで状況がわからず、とにかく体の自由を確保することだと判断したマリーダは、靴底のマグネットが床に吸着する独特の音を聞き、ベルトの止め具にかけた手を止めた。あの鋭い〝気〟の持ち主——先から艦内に潜み、瞬時に周囲の男たちを撃ち倒した何者かが、煙幕を裂いてゆっくり歩み寄ってきたのだった。

味方、か？　あり得ないと思いつつ、足音の方に視線をめぐらせたマリーダは、「ぎゃっ」と発した悲鳴にそちらの方を見た。漂う死体を突き飛ばし、壁に背中を押し当てたアルベルトが、紙のように白くなった顔をひきつらせていた。足音が止まり、息を呑《の》む何者かの気配がすぐ背後に伝わる。マリーダは少しだけ首を動かし、担架の縁ごしにその者の姿を見た。

アルベルトたち同様、連邦軍制の重装ノーマルスーツを身にまとい、手にした無反動拳銃をアルベルトの方に向けている。ヘルメットの中に覗《のぞ》く横顔は、知らない男のものだった。その目はこちらを見ていない。精悍《せいかん》な頬を微《かす》かに震わせ、薄く口を開いて、驚愕《きょうがく》を露《あらわ》にした顔をアルベルトだけに向けている。周囲の警戒を忘れ、呆然《ぼうぜん》と立ち尽くすばかりに見える男に、マリーダはこれがあの〝気〟の持ち主なのかと訝《いぶか》る目を向けた。

「アルベルト様……。どうしてあなたが」

こちらの視線に気づく素振りもなく、男がかすれた声を出す。アルベルトは両手で頭を抱え、震える体をうずくまらせた。マリーダは止めていた手を動かし、音を立てずにベルトの止め具を外した。

「あなたなのか？　あなたがマーサの指示で、この艦に……」

驚愕に揺れていた顔に怒りが差し込み、男の手にした銃口がアルベルトのヘルメットに突きつけられる。「答えろ！」と発した裂帛《れっぱく》の怒声に、うずくまるアルベルトの肩がびくりと震えた。

「ビスト家の嫡男であるあなたが、どうして……！　カーディアス様を、実の父親を殺すような真似をしたのです⁉」

続いて腰のベルトを外しにかかった手を止め、マリーダは男の声に耳をそばだてた。ずん、と遠くで響いた爆音に、「……し、仕方なかったんだ」と搾り出したアルベルトの声が混ざる。

「『ラプラスの箱』を失えば、ビスト財団は命脈を断たれる。アナハイムも、他の傘下企業も、みんな……。だから――」

「だからと言って、子供が親を殺していいという道理はない！　カーディアス様にはお考えがあったんだ。それを……なぜ、よりにもよってあなたが……！」

「あの人は自分のことしか考えていなかったよ！　強い自分がすべてで、それより劣る者は怠けていると決めつけて……。ぼくだって、努力をしてきたのに……！」

「あなたは！　その弱さをマーサに利用されているだけだと、なぜ気づかないのです⁉」

ヘルメットの顎《あご》の部分をつかみ、男はアルベルトを力任せに引きずり上げた。震えるほどの怒気を漲《みなぎ》らせた男の肩ごしに、涙と涎《よだれ》でべとべとになったアルベルトの顔が覗く。その口もとがぐにゃりと歪《ゆが》み、「叔母《おば》さんは、やさしいんだよ……」と呟《つぶや》くのを聞いたマリーダは、全身の肌がざわりと粟立《あわだ》つのを感じた。

「ぼくを認めて、受け入れてくれる。父様は知らないことだ」

開き直ったとも取れる目が、泣いているのか、笑っているのかは判断がつかなかった。

「外道が……！」と呻《うめ》いた男の肩に震えが走り、その銃口がアルベルトの喉元《のどもと》に押し当てられる。衝動的にトリガーが引かれると予測したマリーダは、足首を固定するベルトも外すや、担架を蹴《け》って男の背中に体当たりをかけた。

助ける義理はない、と思いついたのは動いたあとだった。殺させてはいけないと叫ぶ無条件の衝動に従い、マリーダは肩から男にぶつかり、その手の先にある拳銃をわしづかみにした。不意をつかれて体勢を崩しながらも、男はマリーダの脇腹にまっすぐのばした指を突き立て、拳銃を手放さない腕をぐいと自分の方に引き寄せた。肋骨《ろっこつ》のあたりで激痛が爆発し、つかのま息ができなくなったマリーダは、そのまま引きずられて男と向かい合う格好になった。

反射的に膝《ひざ》を動かし、男の股間《こかん》を蹴り上げようとする。瞬間、「マリーダ・クルスか……⁉」と男の口が動き、マリーダは体をこわ張らせた。

「なら、ジンネマンが待っている。おれは――」

言いかけた口を引き結び、男の鋭い目が素早く横に流れる。直後に銃声が轟《とどろ》き、男の顔が出し抜けにマリーダの視界から消えた。

脇腹から血の玉を漂わせ、壁にぶつかった男の体が一回転する。マリーダは全身をこわ張らせたまま、銃声の発した方に顔を振り向けた。部下の死体からもぎ取った拳銃を手に、床に座り込んでいるアルベルトの姿がそこにあった。

常軌を逸した目が男を睨《にら》み据え、トリガーにかかった指に再び力が込められる。マリーダは咄嗟《とっさ》にその銃口を押し下げ、男の方を見た。撃たれた脇腹を押さえ、なんとか体勢を立て直した男もこちらに視線を向ける。ネオ・ジオンの男とは思えない――が、マスターの名を口にしたからには敵というだけでもない。考えがまとまらない頭に呟く間に、「こっちだ！」「銃声がしたぞ！」と複数の声が煙幕の向こうにわき上がり、非常ベルの音が鳴り響いた。

殺気立った人の気配が押し寄せてくる。一瞬合わせた目を逸《そ》らし、男は床を蹴ってその場を離れた。脇腹から流れる血の玉を残し、ノーマルスーツの背中が通路の角を曲がってゆく。「いたぞ！」と発した声に銃声が重なり、壁に跳弾の火花が連続するのを見たマリーダは、壁に体を寄せて頭を低くした。座り込むアルベルトに覆いかぶさる形になったが、気にする余裕はなく、体を縮こまらせたアルベルトも抵抗する素振りは見せなかった。

間もなく拳銃を手にしたノーマルスーツの一団が床に降り立ち、何人かが男を追ってそのまま角の方に向かった。「艦の連中に気づかれるな。おれたちだけで仕留めるんだ」と誰かが言い、「警報を止めろ！」と別の誰かが叫ぶ。顔を上げようとしたマリーダは、いきなり襟首をつかまれ、背後の壁に叩《たた》きつけられた。間髪入れずにのびてきた腕が喉頸《のどくび》をつかみ、ノーマルスーツの上からぐいと締めつける。抵抗しようにも体に力が入らず、喉に食い込んだ指を外そうともがくうちに、「アルベルト様、ご無事で」と言った誰かがアルベルトの前に身を寄せた。アルベルトは触れられた肩をびくんと震わせ、「触るな！」と裏返った声を張り上げた。

思わずというふうに身を引いた部下を押し退《の》け、自分の足で立ち上がる。顔じゅうの雫《しずく》を拭《ぬぐ》い、先刻までの異常な目付きも拭《ふ》き取ったアルベルトは、マリーダと目を合わせたのも一瞬、「その女はいい」と低く言って顔を逸らした。喉頸を締めつける手の力が弱まり、マリーダは少し息をつくことができた。

「《クリムト》に戻る。キャプテンを呼び戻せ。すぐに出発だ」

まだ血の気の戻らない顔を二人の部下から背け、アルベルトが早口に言う。「しかし、戦闘がまだ……」と応じた部下の声は、「わたしは殺されかけたんだぞ！」と弾《はじ》けた怒声に吹き散らされ、そろってたじろぐ男たちの背中が漂う血玉の中に浮き立った。
「暗殺者がうろついてるような艦に一秒でもいられるか。さっさとクルーを呼び戻すんだ」見開かれた目に再び常軌を逸した光が宿り、「は……」と気圧《けお》された部下がその場を離れようとする。アルベルトはどんと床を踏み鳴らし、「わたしを護衛するのが先だ、バカ！」と癇癪《かんしゃく》を起こしたように叫んだ。その勢いで浮き上がり、漂う射殺体に背中をぶつけると、「ひっ」と呻いて手足をばたつかせる。無為に暴れる体を部下が引き寄せ、その場から移動させるまでに、マリーダもうひとりの部下に拘束されて来た道を戻る羽目になった。

無理に動いたせいか、脇腹の激痛が収まらなかった。脈動する痛みが刻々と拡がり、息をするのもままならないだるさが全身を覆ってゆく。艦内無線は相変わらずクルーたちの怒号を垂れ流していたが、拳銃《けんじゅう》を片手にした男たちはひと言も喋《しゃべ》らず、彼らに囲まれたアルベルトは誰の顔も見ようとしない。ただその唇はなにごとか動いており、「悪くない、ぼくは悪くない……」と呟く声が微かに聞き取れた。正気を疑う部下たちの目をよそに、呪文《じゅもん》のようなその声はいつ終わるともなくくり返され、なす術《すべ》なく連行されるマリーダの肌を粟立て続けた。

外界を映すことをやめ、内へ内へと沈み込んでゆく焦点の合っていない目——。ちらと盗み見て、マリーダは咄嗟にアルベルトを助けようとした自分の心理を朧《おぼろ》に理解した。あの刺客の口からアルベルトの出自を聞いてしまった以上、見殺しにするという選択肢はなかった。バナージが自分のすべてを識《し》ったように、自分もバナージを識っている。彼の生まれ、育ち、背負わされた重荷。互いの思惟《しい》が〃共鳴〃した一瞬に、おそらくは彼以上に彼のことを識ってしまったのだから。

同じ種から発した命。アルベルトの瞳《ひとみ》の色は、哀しいくらいバナージに似ている……。

（我々はスタート地点にいるのです。他人の書いた筋書きに惑わされることなく、内なる神の目でこれから始まる未来を見据えてください）

超高熱の粒子束が一閃《いっせん》し、鋼鉄が溶ける衝撃に近い音がコクピットを揺さぶる。真っ二つにされたハイパーバズーカの砲身が弾け飛び、機体が背後にのけぞると、すれ違いざまに蹴り出された《シナンジュ》の足が《ユニコーン》の脇腹を打ち据えた。

二十五トンあまりの質量に相対速度が積算され、体が粉砕されるほどの衝撃がコクピットを揺さぶる。がくがくと揺れるリニア・シートに翻弄《ほんろう》されつつ、バナージはスロットルを全開にしてフットペダルを踏み込んだ。衝突の反作用で軌道速度を減殺され、一気に高度を下げた《ユニコーン》がすべてのスラスターを噴射させる。辛うじて落下を踏み留まった機体を狙いすまし、巧みに高度を維持した《シナンジュ》がビームライフルを斉射した。

「応戦しろ！　ちゃんと狙え！」

「狙ってます！」

ダグザに怒鳴り返しながら、溶断されたハイパーバズーカを捨ててビームライフルを構える。直上に位置した赤い機体が照準のレティクルに重なり、ロックオンのアラームが耳をつんざく。プレッシャーの源たる赤い彗星《すいせい》、『シャアの再来』とも呼ばれる仮面の男――その眉間《みけん》の傷が強い目の光とともに像を結び、バナージはトリガーにかけた指が硬直するのを感じた。同時に《シナンジュ》のビームライフルがメガ粒子弾を迸《ほとばし》らせ、直前で回避した《ユニコーン》が遅ればせのトリガーを引く。空になったマグナム・カートリッジが排莢《はいきょう》され、一直線に屹立《きつりつ》した高エネルギーの柱が《シナンジュ》の機体を遠く照らした。

拡散する飛散粒子をかいくぐって、紫の《ギラ・ズール》がビームランチャーを撃ってくる。かすらせるぐらいのことはできたはずなのに。口中に凝《こご》った言葉を噛《か》み殺し、バナージは頭上を擦過した光軸から《ユニコーン》を遠ざけた。センサー圏外に消えた《シナンジュ》の気配をモニター上に探り、三つの敵が形成する包囲陣の外へ。逃げきれはしないと自覚する身に、「赤い彗星に威嚇が通用するか！」とダグザの怒声が突き刺さった。

「本気で戦え。奴と向き合えばNT－Dが発動するはずだ。このままでは嬲《なぶ》り殺しにされるぞ」

「で、でも……！　補助席の耐G性能は完全じゃないから、本気で動いたらダグザさんが……」

潰《つぶ》れてしまう。内心に続けてから、それは嘘だとバナージは震える体に吐き捨てた。ヘルメットのバイザーを開けて汗を拭い、《ネェル・アーガマ》との位置関係を確かめる。でたらめに逃げ回り、軌道変更をくり返したせいで、センサー圏内に白亜の母艦を見つけることはできなかった。赤道軌道上のレーザー信号は刻々と遠ざかりつつあり、《ユニコーン》が極軌道に乗ったことを伝えている。いくら振り切っても張りついてくるフロンタル編隊が、この《ユニコーン》だけを狙っていることは確かめるまでもなかった。

応戦しなければ殺される――そんなことはわかっている。でも、体が動いてくれない。トリガーを引く指をこわ張らせ、反射的に逃げてしまう自分がいる。怖いのだ、とバナージは認めた。《ガンダム》になるのが。マシーンに呑《の》まれ、またNT－Dとかいうシステムの炉心にされてしまうのが。死ぬよりはいいと理性ではわかっていても……いや、そもそもその前提が間違っているかもしれない。戦う力を削ぎ取った上で、この機体を捕獲するのがフロンタルたちの目的である可能性も十分にある。それならそれでいいではないか。もとよりこの機体は、ネオ・ジオンに引き渡される予定だったのだ。下手に抵抗はせず、渡してしまえば――。

「なら、おれは降りる。あとで拾ってくれればいい」

硬い声で逃げ道を塞《ふさ》ぎ、ダグザが内まで見通す視線を向けてくる。バナージは、まるで力の入らない手で操縦桿《そうじゅうかん》を握りしめた。

「痛めつけて、こちらを拿捕《だほ》しようというのが連中の目的かもしれん。だが《ユニコーン》がいなくなったら《ネェル・アーガマ》はどうなる」

「……わかってます」

「連中は戦争のプロだ。捕虜を取り戻したら、墜とせる敵を見逃したりはしないぞ。艦にはおまえの友達だって――」

「わかってますよ！　わかってるけど……！」

タクヤ、ミコット、マリーダ、ギルボア、フロンタル。オードリーやリディ、他にもさまざまな顔と名前が頭の中で回転し、吐き気がこみ上げてくる。バナージはフットペダルを踏み込み、《ユニコーン》を加速させた。

方向も確かめずにスラスターを焚《た》いた機体が、追いすがるビーム光を背に真夜中の軌道上を滑る。「バナージ……！」と叫んだダグザの声に耳を塞ぎ、バナージは夢中で《ユニコーン》を走らせた。やはり怖い。どうしようもなく怖い。カーディアスからこの機体を託された時、オードリーを守るために戦った時にはあった〝熱〟が、いまは感じられない。冷えきった虚無が腹の底で渦巻き、わずかに残った体温さえ奪い去ってゆくのがわかる。

それもいい――いや、その方がいい。あの〝熱〟は、容易に暴力衝動に転化してしまうものだから。覚悟もなく人を傷つけ、殺し、不実な傍観者に一生の罪を負わせるものだから……。

接近警報が鳴り、びくりと反応した神経が機体を減速させた。バナージは目を開け、前方に接近する〈ラプラス〉の残骸《ざんがい》を拡大ウインドの中に捉《とら》えた。

湾曲した桁《けた》材を真空に露出させ、鯨の死骸のような見てくれを極軌道上にさらす廃墟《はいきょ》。楯《たて》にもならないすかすかの残骸だが、かまわなかった。少しでもいい、いまはすがれるものが欲しい。誰にも見られないところで息がつきたい。萎縮《いしゅく》しきった意思に感応したのか、インテンション・オートマチック・システムが勝手に減速をかけ、藁《わら》にもすがるというふうに腕をのばした《ユニコーン》が〈ラプラス〉の残骸に近づいてゆく。バーニアを噴かして相対速度を合わせ、暗い口を開ける空洞内に潜り込むと、《ユニコーン》は虚脱したように静止した。Iフィールドを展開していたシールドが閉じ、フェイス・マスクの奥で閃《ひらめ》く複眼《デュアルアイ》センサーが輝きを失ってゆく。

終わらない演説の声音に、接近警報のアラームが重なる。フロンタル隊の接近――でも、顔を上げることができない。機体と一緒に全力で走ってきでもしたかのように、肩を上下させる体が荒い呼吸をくり返す。情けない、本当に情けない。吐き出す息に嗚咽《おえつ》が混ざりそうになり、バナージはぎりと歯を食い縛った。それでも漏れ出す濡《ぬ》れた声に、「バナージ」とダグザが静かな声を重ねる。

「おれは降りる。ハッチを開けろ」

いつもと同じ、有無を言わさぬ命令口調だった。え？　と振り向いたバナージをよそに、ダグザはいきなりディスプレイ・ボードに手をのばし、コクピット・ハッチの開閉スイッチに触れた。

びゅうと空気の抜ける音がヘルメットを叩《たた》き、すぐに聞こえなくなった。正面のオールビューモニターが消え、ハッチの大きさの分だけスライドすると、暗黒に閉ざされた廃墟の光景が目前に広がる。ゆらりと補助席を離れ、ハッチに向かって流れるダグザの長身を傍らに見たバナージは、「こんなところで、本気ですか⁉」とその肘《ひじ》をつかんだ。ダグザは無言で正面に回り込み、バナージのヘルメットに自分のそれを接触させた。

「これで戦えるだろう。《ガンダム》になれ」

ヘルメット同士の振動が、無線より肌身に近い声音を伝えた。嘘も弱気も見通している目がバイザーごしにこちらを見据え、「そんなこと……！」とバナージは声を詰まらせた。

「違う……違うんですよ。そういうことじゃなくて、おれは……」

「バナージ。おれはさっき、NT－Dが発動しかけるのを見た」

肘をつかむ手に自分の手を重ね、ダグザは言った。想像外の言葉に、バナージは濡れた目をしばたたいた。

「この〈ラプラス〉に接触して、演説の声が流れ始めた時だ。おまえは気づいていないようだったが、あれはおまえ自身に反応しているように見えた。この〈ラプラス〉の亡霊の声を聞いて、なにかを感じたおまえの心にだ」

「おれの……心？」

「ジオン根絶のための殺戮《さつりく》マシーン……そんなものじゃない。それとは違うなにか、正反対のなにかが《ユニコーン》には組み込まれている。それを制御するのは、多分パイロットの心だ。感じ、傷つき、恐れさせる心。脆《もろ》くて、効率が悪くて、時にはない方がいいと思える生身の心だ」

双方のヘルメットのバイザーを隔てて、あのナイフの光を放つ目が笑っていた。どくん、と鳴った心臓から微《かす》かな〝熱〟が発し、冷気が滞留する腹の底に落ちてゆく。バナージは、ダグザの目を覗《のぞ》き込んだ。よく見れば揺れている、自分となにひとつ変わらないと思える瞳《ひとみ》を見つめ、その下に横たわる振動の源に目を凝らした。

「それがラプラス・プログラムの正体なのかもしれん。NT－Dの発動条件を司《つかさど》り、乗り手を『箱』へと導く道標……。おまえの父上は、とんだくわせものらしいな」

不意打ちを食らった胸が跳ね、視線を逸《そ》らさずにいられなくなった。「それは……」と言いかけたバナージを遮り、「いい。その件については、あとでたっぷり尋問してやる」とダグザは苦笑混じりに言った。

「いまは時間がない。おれが外に出たら、おまえは残骸の奥まで後退して合図を待て」

「なにをする気です」

「エコーズにはエコーズの戦いようがある。コクピットでお荷物になっているよりはマシなことをしてやるさ。おまえもおまえの役割を果たせ」

肩をつかみ、バナージの体をやんわりとリニア・シートに押しつける。「役割って……」と返すと、ダグザはバナージの胸にひとさし指を当て、「ここが知っている」と穏やかに告げた。

「自分で自分を決められるたったひとつの部品だ。なくすなよ」

その言葉を最後に、ダグザはヘルメットの接触を解いた。身近な光を宿した瞳が見えなくなり、長身をひるがえした濃緑色のノーマルスーツがハッチの外に漂い出てゆく。急に広くなったコクピットに戸惑い、バナージは「ダグザさん……！」と無線に呼びかけた。

（ハッチを閉めろ！　敵はそこまで来ている）といつもの命令口調を返し、ランドムーバーを背中の生命維持装置に取りつけたダグザは、小さな噴射光ひとつを残して真空の廃墟に消えていった。

対物感知センサーに、〈ラプラス〉の残骸を包囲しつつある敵編隊の反応が映っていた。バナージはやむなくハッチを閉じ、光学補整されたオールビューモニター上にダグザの背中を探した。迷うのは当然、恐れてもいい、逃げてもいい。だが自分で自分を裏切るような真似はするな――。聞いたばかりの言葉が腹の底ではね回り、冷えきった体に熾火《おきび》にも似た〝熱〟を灯《とも》すのを感じながら、まだこわ張りの残る手を操縦桿にかける。心、というありふれた言葉が心臓のあたりで脈動し、生まれたばかりの〝熱〟を全身に押し拡げるようだった。

(現在、グリニッジ標準時二十三時五十九分。間もなくです。この放送をお聞きのみなさん、もしその余裕があるなら、わたしと一緒に黙禱《もくとう》してください。去りゆく西暦、誰もがその一部である人類の歴史に思いを馳《は》せ、そして祈りを捧《ささ》げてください)

どこになにを仕掛けるか、コクピットを出る前に当たりは付けてあった。演説の声は無線を騒がせ続けており、《ユニコーン》との通信回線が遮断されていないことを教えている。まずは湾曲した桁材に取りつき、空洞の内部をざっと見渡したダグザは、ボディアーマーのポーチからSHMXの爆破装置を取り出した。

他にある手持ちの装備は、百メートル長の極細起爆ケーブルがひと巻きと、無重力用の音響閃光手榴弾《フラッシュグレネード》が二つ、無反動自動拳銃《けんじゅう》が一挺《いっちょう》。応急用具を除けば、あと役に立ちそうなものはストロボライトぐらいしかない。こんなことになるなら、野戦用のキットをひとそろい持ってくるのだった。まだ怪我の疼《うず》きが消えない左腕をかばいつつ、ダグザは桁材と直交する柱の基部を見遣《みや》った。断面積×〇・二。SHMXの使用量算出法に基づき、三連の爆破装置を小分けにしてから、柱の基部に設置したひとつに発火プラグを差し込む。起爆ケーブルをのばしながら空洞を横切り、真向かいの内壁部分に取りついたあとは、引き裂けた循環パイプにケーブルの端を結びつけ、内壁を横断する支持鉄骨に新たなSHMXを設置した。

あまり時間はない。罠《わな》を警戒して残骸《ざんがい》の周囲を取り巻きつつも、敵編隊はこの空洞内部に飛び込むタイミングを計っている。最初に来るのは《シナンジュ》だろう。用心深く立ち回る一方、すべて自分の目で確かめ、行動せねば気が済まない貪欲《どんよく》なエゴがあの赤いモビルスーツにはある。NT－Dを発動させたところで、《ユニコーン》が生き残れる確率は五分。現状では間違いなく追い詰められて叩き潰《つぶ》される。確実な方法とは言えないが、いまは少しでも《ユニコーン》が生残できる可能性を稼がなければならない。ダグザは黙々と空洞内を行き来し、直径四十メートル強の円環に起爆ケーブルを張り巡らせていった。

子供を利用したことに対する責任、自分の順番を悟った軍人の本能——そんなものではない、と思う。リスク対効果に鑑《かんが》みれば、はなはだ割に合わない行為と承知もしている。あんな子供のために、とコンロイは笑うだろう。だが、自分の心に従ってくださいと言ったのもおまえだ。悪いがそうさせてもらうと胸中に嘯《うそぶ》き、ダグザはひどくさっぱりとして見える虚空に目をやった。

現在という時を背負って歩く大人のひとりとして、未来を考える役割を持たされた子供ひとりに命を託す。無論、それで汚れ仕事に染まった身の垢《あか》が落とせるとは考えていない。ただ、こうできる自分が無闇にうれしい。優先順位に従って義務をこなすことしか知らなかった体が、縁もゆかりもない若い命に後事を預け、未来などという茫洋《ぼうよう》とした言葉に一抹の意義を見出《みいだ》している。そんな愚かしい錯覚を真に受けた心が、いまはひどくいとおしい。

あるいは、子を持つ心境とはこのようなものか。任務遂行のマシーンになることで人生の折り合いを付け、去っていった妻を呼び止める言葉も持てなかった自分だが、子を儲《もう》けていれば別の展開もあったかもしれない。もうひとつの可能性、あるべき未来——内なる神の目で未来を見据える、ということ。終盤に差しかかった演説の声を耳にしながら、ダグザは唐突に得心した。

希望も絶望も、すべて心の持ちようひとつ。連綿と連なる種の鎖の前には、袋小路《ふくろこうじ》の現実も絶えず変転する相の一パターンに過ぎぬというか——。あまりの単純さに苦笑しつつ、ダグザは作業を終えた体を柱の陰に潜ませた。

《ユニコーン》は残骸の奥に後退し、こちらの合図を待っている。できればコンロイたちと連絡を取りたいが、ミノフスキーの海で叶《かな》う願いではない。頭上の採光窓を見上げ、清《せい》冽《れっ》な星の光を顔に浴びたダグザは、さあ来い、と虚空に潜む敵に呼びかけた。

おれはひとりだ。マシーンでもなければ、死に場所を求める壊れた軍人でもない。甚だ非効率で、愚かなことにも命を賭《か》けられる一個の人間だ。羽目を外した人間の力がどういうものか、この体で教えてやる——。ダグザは起爆スイッチに指をかけ、採光窓の向こうを横切ったスラスター光を見据えた。モノアイらしい光がちかと閃《ひらめ》き、マシーンの中に在る人間の息吹きを微かに伝えた。

（宇宙に出た人類の先行きが安らかであることを。宇宙世紀が実りある時代になることを。我々の中に眠る、可能性という名の神を信じて——）

長い演説が終わり、一瞬の空白が訪れた瞬間だった。湾曲する空洞の闇がバーニア光に払われ、残骸の中に侵入した敵機の存在をバナージに伝えた。

「来た……！」

割れ残ったガラスに赤い機影が反射し、閃くモノアイがこちらを見る。同時に（バルカンだ！）とダグザの声が無線に弾《はじ》け、バナージは操縦桿《そうじゅうかん》を握りしめた。

（威嚇でいい。撃て！）

考える間はなかった。反射的に指が動き、《ユニコーン》の六十ミリ・バルカン砲が火を噴いた。二軸の火線が採光窓を粉砕し、そこに映る《シナンジュ》の影が粉微塵《こなみじん》になる。飛散した破片が空洞内を飛び交う中、こちらに向かってビームライフルの筒先を振り上げた《シナンジュ》は、内壁に足を着けた直後、採光窓付近で起こった閃光《せんこう》に全身を包まれた。

爆発の火球が空洞内に膨れ上がり、基部から破砕した柱が《シナンジュ》を直撃する。ダグザが爆弾を仕掛けたのか？　バナージは、矢のように飛んだ太い柱が《シナンジュ》を打ち据えるのを見、内壁に膝《ひざ》をついた機体がさらなる爆発に包み込まれるのを見た。埋設された循環パイプが爆圧で噴き上がり、大量の針になって《シナンジュ》に殺到すると、そのうちのひとつが頭部のモノアイに突き刺さる。それは砲弾と同等の威力をもって透明プラスチックのバイザーを打ち砕き、メイン・カメラを破壊して、一つ目を失った赤い巨人の姿をバナージの視界に焼きつけた。

メイン・カメラを失っても、サブ・カメラで光学認識を代行することはできる。パイロットが視覚を失うことはないはずだったが、目を潰された心理的ダメージがそれでなくなるものではない。（なに⁉）と呻《うめ》いたフロンタルの声を、バナージは無線の中に確かに聞いた。（いまだ！）とダグザの声が間を置かず響き渡る。

（サーベルを使え！　奴の足が止まっているうちに……！）

叫び、瓦礫《がれき》の陰から飛び出したダグザのノーマルスーツが手榴弾《しゅりゅうだん》を放る。爆発的な閃光が《シナンジュ》の腰のあたりで広がり、一時的にサブ・カメラも潰された機体がぐらりと揺らぐ。バナージは夢中で武器セレクターのパネルに手を走らせ、ビームサーベルを選択して左手のトリガーを引いた。《ユニコーン》の左腕が素早く動き、右腕側面のラックから展開したビームサーベルのグリップを握る。直前、二つ目の手榴弾が起爆し、飛散する瓦礫に混ざって飛ぶダグザの姿を閃光の中に浮かび上がらせた。

(冗談ではない!)

フロンタルの怒声が無線を走り、体勢を崩したように見えた《シナンジュ》がビームサーベルを一閃《いっせん》させる。灼熱《しゃくねつ》する光刃が下から上に振られ、干渉した瓦礫群が瞬時に溶解する。バナージは、その光がダグザのノーマルスーツをも焼き尽くし、霧散させる光景を見てしまった。消失する直前、その長身が胎児のように縮こまり、骨も残さずに溶ける姿を網膜に焼きつけた。

消えた。死んだのではなく、消えた。感情も感傷も喚起されようがない、あったものがなくなるというだけの消滅――。

「やったなぁっ!」

頭が真っ白になり、全身の毛が逆立った。叫びはコクピットを突き抜け、機体の装甲を押し拡げるようにスライドさせて、サイコフレームの輝きを外界に噴き出させた。

空洞の中に佇《たたず》む《ユニコーン》のシルエットが膨れ上がり、スライドした装甲の隙間から熱と光が迸《ほとばし》る。一角が裂け、Vの字に開いたアンテナの下でデュアルアイ・センサーが双眼を見開くと、《ユニコーンガンダム》は躊躇《ちゅうちょ》なくビームライフルを振り上げ、その砲口からメガ粒子の塊を撃ち出した。

光の瀑布《ばくふ》が空洞内を満たし、膨大な熱と衝撃波、飛散した残粒子が真空の廃墟《はいきょ》を貫く。亡霊の〝声〟はもはや聞こえず、禍々《まがまが》しい光に包まれた〈ラプラス〉の残骸が断末魔の叫びをあげた。

※

碁盤状に配置された採光窓から光が噴き出し、堆積《たいせき》していたコズミック・ダストが爆発的に飛散する。空洞内で膨れ上がった衝撃波が外板を弾き飛ばし、碁盤状の窓枠を内側からめくれ上がらせるや、〈ラプラス〉の残骸そのものが激震に包まれた。

「なんだ……!?」

空洞内に入りかけた機体を急きょ後退させ、高度を取りつつ離脱する。キュアロンの《ギラ・ズール》があとに続くのを見たアンジェロは、もうもうと立ちこめる粉塵の中に《シナンジュ》の機影を探した。反対側の断面から空洞内に侵入して以降、フロンタルとの通信は途絶えている。勢い余って《ユニコーン》を撃破してしまったのか？　思う間に、瓦解《がかい》し始めた残骸から《シナンジュ》の機体が飛び出し、次いで別の影が粉塵を裂いて現れた。

採光窓を粉砕し、砕けたガラスを身にまとった機体が〈ラプラス〉の直上に駆け上がる。サイコフレームの残光を引く双眼のモビルスーツは、見間違えようがなかった。

「《ガンダム》になってくれた……！」

咄嗟《とっさ》にビームランチャーの狙いを定めたくなるのを堪《こら》え、フットペダルを踏み込む。《ユニコーンガンダム》の右上方に機体を移動させながら、「キュアロン！　手はず通りだ」とアンジェロは叫んだ。キュアロン機がすかさずビームランチャーを撃ち放ち、直後にメイン・スラスターを噴かす。急加速で回避した《ユニコーンガンダム》の動きは追わず、アンジェロはシミュレーションに従ってなにもない虚空にビームを撃ち込んだ。

亜光速の弾道上に干渉波のスパークが飛び散り、発光するサイコフレームが肉眼に捉《とら》えられる。Iフィールドでビームを弾いた《ユニコーンガンダム》が、干渉波の反作用でつかのま減速したのだ。素早いが、相変わらず直線的な動き。地球の重力に影響される低軌道では、回避パターンも自《おの》ずと限られてくる。手応《てごた》えあり、と実感した神経が白熱し、「いけるぞ……！」とアンジェロは唇の端を吊《つ》り上げた。

「しょせんは素人だ。シミュレーションで予測した通りに動いてくれる。このまま挟み込むぞ！」

機動力の違う敵に追いつこうとしたところで、徒労にしかならない。動きの癖をつかみ、移動予測地点にビームを撃ち込んでやればよいのだ。これまでの戦闘データに鑑《かんが》みると、奴には右へ右へと回避する癖がある。地球を足もとに置くがゆえに、天地の感覚にとらわれやすい低軌道上なら、その癖はさらに如実に表れる。追い立てて挟み込むのは造作もない――。キュアロン機と連携しつつ、アンジェロは二射目のビームランチャーを《ユニコーンガンダム》の進路上に撃ち込んだ。次発チャージの時間にもスツルムファウストをばらまき、高速で移動する敵機の行く手に立て続けの火球を膨れ上がらせる。キュアロン機もそれに倣い、無数の光輪と光軸が《ユニコーンガンダム》の軌跡に沿って錯綜《さくそう》した。

瞬時に冷やされ、青白いガスになって滞留する爆発の痕跡《こんせき》をかいくぐり、加速と制動をくり返す白い機体がサイコフレームの残光を引く。交互に火線を張る手を止めず、二機の《ギラ・ズール》が次第に包囲の輪を縮めてゆく。何射目かのビームがまともにIフィールドと干渉しあった刹那《せつな》、《ユニコーンガンダム》は蹴《け》つまずいたように減速し、(うしろを取った!)とキュアロンの声が無線に弾けた。相対距離は十キロ未満、体勢を崩した《ガンダム》にビームライフルの狙いを定める間はない。

「コクピット以外は潰《つぶ》してもいい。やれ!」

叫ぶと同時にビームランチャーのチャージを中断し、トリガーを引く。充塡率《じゅうてん》七十パーセント強のビームランチャーが閃光を迸らせ、Iフィールドで弾いた《ユニコーンガンダム》が機体を大きくよろめかせる。これで最後――アンジェロは、《ガンダム》の背後から急接近するキュアロン機を視覚に捉えた。その手にするビームホークが振り上げられるのを見、斧《おの》状に形成された粒子束が《ガンダム》のランドセルに食い込むさまを幻視して、射精時にも似た快感が全身を突き抜ける感覚を味わった。振り向く暇もなく、背後から無惨に袈裟《けさ》斬りにされる白い機体……！

瞬間、《ユニコーンガンダム》の左腕がゆらと動き、背後に突き出された肘《ひじ》から光が発した。

子細を観察する暇はなかった。《ガンダム》に飛びかかり、ビームホークを振り下ろそうとしたまさにその時、キュアロンの《ギラ・ズール》は唐突に発した光に胸を貫かれた。ジャッと無線を走ったノイズは、コクピットが潰された音か、キュアロンの肉体が蒸散させられた音か。すぐにはなにが起こったかわからず、アンジェロは呆《ほう》けた目を折り重なって見える二機に注いだ。

「ビームサーベル……⁉」

左腕側面のラックに収納されたグリップを、収納状態のまま起動させたのだ。振り向きもせず、相手の位置を見定めもせず、肘先から顕現した粒子束をキュアロン機に突き立てた《ユニコーンガンダム》は、四肢を硬直させた《ギラ・ズール》を背にアンジェロを直視した。その双眸《そうぼう》がサイコフレームの輝きを映して赤く閃《ひらめ》き、次はおまえだ、と嗤《わら》うように揺らめく。アンジェロが反応するより速く、キュアロン機のコクピットにめり込んだ肘がぐいとうしろに振り上げられ、サーベルで串刺《くしざ》しにされた《ギラ・ズール》の機体が《ガンダム》の頭上《ずじょう》に掲げられた。

白い機体が身を捩るや、突き放された《ギラ・ズール》がこちらに向かって近づいてくる。それは瞬く間に灼熱する光輪に包まれ、アンジェロの視界を白く塗り潰した。追い立てていたのではない。奴に誘い込まれ、みすみす接近を許してしまったのはこちらの方だ。その理解が爆発の衝撃波とともに押し寄せ、アンジェロは身も世もなく自機を後退させた。電波障害のノイズが吹き荒れる無線に、(アンジェロ、逃げろ!)とフロンタルの声が混ざる。

(奴は普通じゃない。推進剤があるうちに軌道を離れろ!)

震えて聞こえた声が、身の内に生じた恐怖を倍加させた。アンジェロは加速して高度をとり、ガス化したキュアロン機の痕跡から離脱した。シールドを背部に収め、両腕のラックからビームサーベルの光刃を噴き出させた《ユニコーンガンダム》が、滞留するガスを引き裂いて足もとから這《は》い上がってくる。悪鬼と呼ぶべき形相が両膝《りょうひざ》の間に迫り、食いちぎられるという根源的な恐怖がアンジェロの全身を貫いた。

「化け物め……!」

夢中でビームランチャーの狙いを付けようとして、コクピットに衝撃が走った。大きくのけぞったアンジェロは、真っ二つにされたランチャーの砲身が頭上を飛んで行くのを見、たちどころに上に回り込んだ《ユニコーンガンダム》が両腕を交差させるのを見た。トンファー状に展開したビームサーベルが十字に重なり、左右に開かれたかと思いきや、鈍い衝撃とともにオールビューモニターがノイズに包まれる。瞬時に切断された《ギラ・ズール》の頭部がスパーク光を爆ぜさせ、サブ・カメラの映像に切り換わったモニターの向こうを飛んでいった。

頭をなくした《ギラ・ズール》を睥睨《へいげい》し、《ユニコーンガンダム》がとどめのサーベルを振り上げる。これで死ぬと実感する間もなく、ピンク色に輝く死神の鉈《なた》を見上げたアンジェロは、出し抜けに発したバーニアの噴射光に目を射られた。サイコフレームの輝きが背後に遠ざかった直後、足もとから飛来したメガ粒子の光弾が《ギラ・ズール》をかすめ、《ガンダム》がいた虚空に鮮やかな光軸を描く。それは二本、三本と重なり、下から援護射撃をする《シナンジュ》の存在をアンジェロに伝えた。

機体を横ロールさせて連続するビームを回避すると、《ユニコーンガンダム》は一気に高度を下げ、火線の源に向かって突進する。《シナンジュ》もビームサーベルを引き抜き、直進する敵と対向する形で背部のメイン・スラスターを噴かす。両機は一秒と待たずに交錯し、互いのサーベルを接触させ、次の瞬間にはそれぞれの進行方向に従って行き違った。双方ともにビームを撃ち合い、8の字を描くようにして再び接触。ぶつかりあうたびに軌道速度を減殺させ、高度を下げてゆく二機の足もとを、〈ラプラス〉の残骸《ざんがい》から剝落《はくらく》した無数の破片が流れてゆく。それらは次々に大気圏に引きずり込まれ、摩擦熱の赤い軌跡を夜の地球上に引いた。

「大佐っ！」

このままでは二機とも地球の重力に引き込まれてしまう。機体の損傷チェックもそこそこ、アンジェロは《シナンジュ》を援護するべく自機の高度を下げたが、両者の間に割って入る余地がないことはわかっていた。〈ラプラス〉の残骸は根底から分解し始めており、大量の破片が二機に覆いかぶさった結果、両機を見分けることすら困難になりつつある。メイン・カメラもビームランチャーも失った機体が、介入できる状況ではなかった。

「大佐、離脱してください！　あなたがこんなことで……！」

フロンタルが、赤い彗星《すいせい》が燃え尽きてしまう。助けられただけで助けられず、なにもできずに——。その想像は自分の死以上に恐ろしく、アンジェロの胸を潰した。首なしの《ギラ・ズール》が立ち竦《すく》む足もとで、無数の流星が赤い尾を引き、大気の底に呑《の》み下されていった。

※

「《シナンジュ》、レーザー通信ロスト！〈ラプラス〉の瓦礫《がれき》に紛れて判別できない」

フラストの声がブリッジに響き渡る。彼の面前にあるメイン・スクリーンは、高度を下げながら瓦解する〈ラプラス〉の残骸と、火の粉のように大気圏を滑り落ちる瓦礫群のパノラマだった。〈ラプラス〉の残骸の現在高度は百七十キロメートルで、《シナンジュ》もその付近にいる。あと五十キロほどで大気圏突入――赤い彗星が流星になるという冗談はいただけない。「《ガンダム》は!?」とジンネマンは怒鳴り返した。

「サイコ・モニターは健在。捕捉《ほそく》できます」

「よし。《ガンダム》を追えば《シナンジュ》も捕捉できる。ただちに転針、軌道変更。重力の井戸に引きずり込まれる前に、二機を回収する」

他に選択肢はない。赤熱光がちらつくスクリーンを凝視したジンネマンは、「できるな？」とフラストに確かめた。〈ラプラス〉の残骸に近づくには、現行軌道を外れて極軌道に乗り直す必要がある。小回りのきくモビルスーツと違って、《ガランシェール》クラスの船が軌道変更を行うのは容易なことではない。コンソールのタッチパネルに手を走らせたフラストは、「ちょいとラフな操船になりますが、大気アシスト航法を使えばなんとか」と振り向かずに答えた。「頼む。ミイラ取りがミイラってのはごめんだぞ」と返す一方、ジンネマンはレーザー通信を開いて無線マイクを手にした。

「ギルボア、客人からのコールはまだか」

（応答……し。《クリムト》が《木馬もどき》との接舷《せつげん》を解き、大気圏突入コースに乗った。あ……てるなら……）

戦闘の火線がレーザー信号を遮るため、通信状況はすこぶる悪い。舌打ちする間も惜しく、ジンネマンはスクリーン上のタイムカウンターに目を走らせた。現在時刻は零時二十八分。客人を回収する刻限はとうに過ぎ、カウンター表示はプラス三分のオーバー時間を指している。《クリムト》が《木馬もどき》を離れたからには、ガエルは所期の目的を果たせず、マーサの部下たちを取り逃がしたと見るのが正しい。マリーダと接触できたか否かも、当人と連絡が取れなくては判断のしようがなかった。

一縷《いちる》の望みにかけて踏み留まるか、『袖付き《そでつ》』の首魁《しゅかい》救出を優先するか。ぎゅっとマイクを握りしめ、《木馬もどき》の拡大映像を凝視したジンネマンは、「やむをえん。作戦中止だ」と身を切る思いで搾り出した。

「これより軌道変更して、フロンタル隊の救援に当たる。ギルボア隊は《ガランシェール》の直掩《ちょくえん》につけ」

（しかし……！）

「チャンスはまだある。ここで大佐と『箱』の鍵《かぎ》を失うわけにはいかない」

そうやって、おまえはまた大切なものを失ってゆくのだ——。内心に滲《にじ》んだ声をマイクと一緒に切り、ジンネマンはサイコ・モニターのウインドに目を転じた。マシン語の羅列を高速でスクロールさせるモニターは、初代首相の演説を受信していた時とは明らかに様相が異なる。おそらくはNT－Dの発動によって封印が解け、ラプラス・プログラムが新たな情報を開示しているのだろう。

ふと、嫌な予感を覚えた。機体のリミッターを解除し、《ユニコーンガンダム》に鬼神のごとき力を付与するニュータイプ・デストロイヤー・システム。発動したが最後、パイロットもシステムに取り込まれ、感応波を敵意に翻訳する処理装置と化すとフロンタルは言っていた。それが事実なら、バナージ・リンクスは――。

※

ビームサーベルが一閃《いっせん》し、鉄骨の支柱が溶断される。吹き飛んだ柱が採光窓を突き破り、大気の底に落ちてゆく光景は見ずに、バナージは上方に回避した《シナンジュ》の動きだけを追った。明確な指向性を持った思惟《しい》が《ユニコーンガンダム》を衝《つ》き動かし、肉体より素早く反応する機体が《シナンジュ》に追随する。

マグネットコーティングされた関節がしなやかに動き、両腕の先からのびたビームサーベル――ビームトンファーが目にも留まらぬという表現のまま繰り出される。最小限の振幅で矢継ぎ早の突きを躱《かわ》しつつ、《シナンジュ》も両腕に持ったビームサーベルを縦横に振るう。四本のサーベルが次々にぶつかりあい、スパークし、爆発的な光を〈ラプラス〉の残骸内に明滅させると、互いに弾《はじ》かれあった両機がそれぞれ残骸の端まで吹き飛ばされた。足裏のフックで内壁を削りながら踏み留まったバナージは、左腕のアタッチメントに装着したビームライフルを一射した。

最後のマグナム・カートリッジが排莢《はいきょう》され、撃ち出された光軸が空洞内を貫通して《シナンジュ》に迫る。衝撃波が残骸の外板を弾き飛ばし、ぎりぎり回避した赤い機体が破片の奔流の中に見え隠れする。巨大な残骸の軌道速度がまた一段と落ち、危険域に振り切れている高度計がアラームを鳴り響かせたが、かまうつもりはなかった。ビームトンファーを収め、瓦礫の陰に機体を寄せたバナージは、右腕に持ち直したライフルに予備のマガジンを装着した。こいつだけは墜とす——腹の中で爆発し続ける〝熱〟に促され、同じく残骸の陰に隠れる《シナンジュ》を目がけて一射する。

太いビームの光軸が再度〈ラプラス〉の残骸を貫き、わずかに残った採光窓を枠ごと抉《えぐ》り飛ばす。ぱっと飛び散ったガラス片に紛れ、スラスター光を閃《ひらめ》かせた赤い機影が残骸から離脱する。こいつ、なんで墜ちない。バナージは《シナンジュ》を追って空洞の外に出た。現在高度は百五十八キロ、すでに滞留し始めている極薄の大気に触れ、うっすら赤熱した《ユニコーンガンダム》が二射目のトリガーを引く。マグナム・カートリッジの排莢音が振動になってコクピットに伝わり、(バナージくん、聞こえているならやめろ)と知った声が無線を流れた。

（このままでは二人とも地球の重力に引きずり込まれる。大気圏で燃え尽きることになるぞ）

知ったことか。腹の底の〝熱〟――いまや暴走する炉心と化した〝熱〟が応答し、機体とシンクロしたバナージの目が赤い敵機を追う。危ないから戦うのはやめよう？　冗談じゃない、遊んでいるつもりなのか。仕掛けたのはそっちだ。おまえがダグザさんを殺したんだ。やめたいなら死ねばいい。ダグザさんと同じように、爪も残さず消し飛んでしまえばいい……！

攻撃色に染まった思惟が叫び、三発目を放った《ユニコーンガンダム》が一気に前に出る。（わからん奴め……！）と呻《うめ》いたフロンタルが後退をかけ、応射のビームが瓦礫の渦をかいくぐって殺到する。シールドのＩフィールドでそれらを弾き、バナージは《シナンジュ》の頭上に躍り出た。瓦礫の奔流に足を取られつつも、至近距離に捉《とら》えた赤い機体にライフルの照準を定めた刹那《せつな》、不意にまったく別の方向からのしかかる重い圧迫を知覚した。

咄嗟《とっさ》に機体をひるがえし、圧迫の方位にビームライフルを向ける。剝落《はくらく》した瓦礫が流星群になって大気圏を滑り落ちる向こう、正面からは三角に見える垂直離着船《V－TOL》のシルエットが急速に近づいてくるのが見えた。《ガランシェール》という名前ひとつが白熱した頭をよぎり、操縦桿《そうじゅうかん》を握る指先がぴくりと震えたが、なんで震えたのかはわからなかった。それよりも、《ガランシェール》に二機の《ギラ・ズール》が随伴していることの方が問題だった。その手にするビームマシンガンが短く連射され、《ユニコーンガンダム》の周囲に牽制《けんせい》の火線を張ったことも、不快な圧迫になってバナージの脳を刺激した。

圧迫に気を取られた隙に、急速に高度を上げた《シナンジュ》が射線上から離脱してゆく。邪魔をして……！　ひときわ激しく爆発した〝熱〟に押され、バナージは接近する《ガランシェール》をライフルの照準に捉えた。この距離なら、ビームマグナムの一撃で沈めることができる。機体の隅々にまで通った神経が判断し、《ユニコーンガンダム》の指がライフルのトリガーにかかった時だった。突然、一機の《ギラ・ズール》が《ガランシェール》の前に滑り込み、楯《たて》になるように四肢を開いた。

（よせ、バナージ！）

知っている声が脳髄を直撃し、ギルボアさん、と反応した自分の声が胸中にこだまする。瞬間、白熱した頭がすっと冷たくなり、バナージは我に返った目をしばたたいたが、それは《ユニコーンガンダム》がトリガーを引いたあとのことだった。

通常のライフル弾四発分に相当するメガ粒子が解き放たれ、渦を巻いて《ギラ・ズール》を直撃する。ブレードアンテナを立てた頭部が弾け飛び、次いで四方に開いた手足を散らすと、その《ギラ・ズール》は呆気《あっけ》なく爆発の火球に包まれた。巨大な光輪が《ガランシェール》の鼻先で膨れ上がり、悲鳴のようなノイズが無線を吹き抜けてゆく。

「ギルボアさん……なんで……」

かすれた声が自分の口から漏れ、目前の光の重さを骨身に染み込ませた。ギルボア・サント。話し好きで世話好きな《ガランシェール》のクルー。ティクバたち三人の子供の父親。それが死んだ。ダグザ中佐と同じように消滅した——。

おれが殺した。オレが殺シタ。オレガコロシタ。思考が分解し、腹の底で荒れ狂っていた〝熱〟が消え、冷たい虚無が全身に広がる。マシーンとリンクした神経がことごとく断ち切れ、外界に開かれた五感が闇に閉ざされてゆく。直後、もう一機の《ギラ・ズール》がビームマシンガンを撃ち散らし、Iフィールドを展開したシールドにスパーク光を爆《は》ぜさせたが、麻痺《まひ》した肉ごしに見る彼岸の光でしかなかった。干渉波に弾かれた機体を大きく傾かせ、ばらばらに分断しつつある〈ラプラス〉の残骸《ざんがい》に背中を打ちつけると、《ユニコーンガンダム》はあっという間に瓦礫《がれき》の奔流に呑《の》まれた。飽和した心身をリニア・シートに埋めたまま、バナージは指一本動かせずに遠ざかる〈ラプラス〉の残骸を見つめた。

高度計の数値が急激に下がり、警告のアラームがコクピット内に鳴り響く。《ガランシェール》の船体がたちまち見えなくなり、赤い尾を引く流星群がオールビューモニターを埋め尽くす。落ちてゆく、とバナージは硬直した精神の片隅で呟《つぶや》いた。血に汚れた白い機体が、重力の底に引きずり込まれてゆく。壊れた人形のごとく四肢を投げ出し、煉獄《れんごく》の炎に穢《けが》れた装甲を焼かれながら。マシーンに心を呑まれ、また罪を犯した肉体ひとつを道連れに——。

「……助けて」

ダグザさん、ギルボアさん、父さん。誰か助けて。悲鳴は蚊の鳴くような声にしかならず、バナージはのろのろと中空に手をのばした。震える指の先で、オールビューモニターが灼熱《しゃくねつ》の色に染まり、機能不全を伝えるウインドが次々に折り重なった。

※

「軌道変更！　バリュート展開しつつ、牽引ワイヤー射出用意。ランデブーの計算急げ。《ユニコーン》を回収する」

一気にそれだけの指示を出してから、オットーはメイン・スクリーンに映し出された拡大映像に目を戻した。断熱圧縮による空力加熱にさらされ、《ユニコーンガンダム》の白い機体がほとんど赤熱色に染まっている。現在高度は百十二キロ、もはや自力で這《は》い上がれる高度ではない。一刻も早く救援対策を取らないと、あと数分でその機体は燃え尽きる結果になる。

艦尾に装備した大気圏突入制動装置《バリュート》を展開し、重力の虜《とりこ》にならないぎりぎりの高度まで降下。頼みの綱の《リゼル》は一機が喪失、残る一機も中破して大気圏突入は不可能となれば、この《ネェル・アーガマ》で直接《ユニコーンガンダム》を引き上げるほかない。艦長席の肘掛《ひじか》けをしっかりと握りしめ、オットーは復誦《ふくしょう》の声があがるのを待ったが、返ってきたのは「無理です！」というレイアムの怒声に近い応答だった。

「落下速度が速すぎます。とても間に合いません」

赤道軌道から極軌道に移行し、複雑な軌道計算に従って艦をランデブー軌道に乗せる時間と、《ユニコーンガンダム》が燃え尽きるまでの残り時間——。落ち着いてくださいと言っているレイアムの目から視線を逸《そ》らし、ならどうするんだと怒鳴り散らしたい衝動を危うく押さえ込んだオットーは、「《クリムト》がいます！」と発したミヒロの声にぎょっと振り返った。

「戦闘を避けるために、《クリムト》は極軌道から大気圏に突入しています。このコースならランデブーは可能です」

独自に計算したらしいコースをメイン・スクリーンに転送しつつ、黒目がちな目を振り向けたミヒロが早口に続ける。戦闘中にもかかわらず、半ば強引に接舷《せつげん》を解いて地球への降下を開始したビスト財団の船。極軌道に乗ってくれているなら、わずかな針路調整で《ユニコーンガンダム》と接触できる。「やらせろ！」とオットーは一も二もなく叫んでいた。

「《ユニコーン》にも伝えろ。まだ通信は届くはずだ」

「はい！」と応じ、コンソールに向き直ったミヒロが《クリムト》との通信に取りかかる。じきにプラズマ化した空気がすべての通信を遮断し、《ユニコーンガンダム》はブラックアウト領域に突入する。『ラプラスの箱』とやらがどうなろうと知ったことではなく、《ユニコーンガンダム》の確保にこだわるつもりもないが、中のパイロットを死なせるわけにはいかない。ここで彼を死なせたら、彼を救出するために〈パラオ〉に仕掛けたことも、作戦に殉じた者たちの命も、すべて無為になってしまう。間に合ってくれよ、と内心に呟き、オットーは次第に赤みを増す《ユニコーンガンダム》をスクリーン上に凝視した。

「だめだ、やめろ……！」と鋭い声音が響き渡り、ブリッジの空気を震わせたのはその時だった。

「財団の船に、《ユニコーン》を近づけてはいけない……」

搾り出すように続け、ブリッジの戸口に取りついた長身を苦しげに折り曲げる。ノーマルスーツのヘルメットごしに窺《うかが》える男の顔に、見覚えはなかった。下士官にこんな顔のやつがいたか？　艦長席から身を乗り出し、四十代半ばと見える男の顔を見つめたオットーをよそに、「誰か、貴様!?」とレイアムが誰何《すいか》の声をあげる。男は答えず、脂汗を滲《にじ》ませた顔をこちらに向けると、そのまま倒れ込みそうな勢いで床を蹴《け》った。制止しようとしたレイアムを押し退け、艦長席に近づく。オットーは、肘掛けをつかんだ男の手が血で汚れていることに気づいた。

「この艦で、回収するんです。アルベルトは、彼を……バナージ・リンクスを、助けはしない……」

切れ切れの息で言い、もう一方の手で脇腹を押さえる。そこから血の粒が漂い出し、背後から取り押さえかけたレイアムが息を呑む気配が伝わった。艦の名前がプリントされたノーマルスーツを着てはいるが、やはりクルーではない。見知らぬ男が、《ユニコーン》とバナージの名を口にする——。

「どういうことだ。君はいったい……」

※

横合いから視界に進入してきたシャトルが、船尾の牽引ワイヤーを射出する。灼熱の空にぴんと張られた数百メートルのワイヤーは、さながら地獄の淵《ふち》に垂らされた一本の蜘蛛《くも》の糸だった。インテンション・オートマチック・システムがその感じ方を拾ったのか、勝手に動いた《ユニコーンガンダム》の腕がワイヤーをつかみ、赤熱化する機体をシャトルの後方へと寄せる。

《《ユニコーン》、聞こえるか。本船はこのまま大気圏に突入する。ワイヤーを手繰って、本船の直上につけ。できるか？）

接触回線が開き、シャトルのキャプテンの声が耳朶《じだ》を打つ。応答する気力も、そもそも指示に従うべきかどうかの判断力も持てずに、バナージは目前に垂らされた救いの糸を漫然と見つめた。ワイヤーの巻き上げが開始され、衝撃波《ショックコーン》の傘に包まれたシャトルの船体が次第に大きくなる。一刻も早く灼熱の原から逃れようと、オートで稼働する《ユニコーンガンダム》の腕がせっせとワイヤーを手繰り寄せ、自らシャトルへと近づいてゆく。

すべて心が決めること——ダグザの言葉が凍えた胸中をよぎり、バナージは弛緩《しかん》した頬を微《かす》かに歪《ゆが》めた。おれの心がこいつを動かしている。生きたい、助かりたいと無様に叫び、救いの糸を手繰り寄せている。いくら絶望し、死にたいほどの後悔に苛《さいな》まれたところで、結局は生存本能が先に立つ。絶望は上っ面だけのことに過ぎず、貪欲《どんよく》に生を求める心が必死でワイヤーにしがみついている。

浅ましい、見下げ果てた心。ギルボアを殺したくせに。ティクバたちから父親を奪ったくせに。そうする必要なんかどこにもなかった。ギルボアさんは、体を開いて《ガランシエール》を守ろうとしただけだ。おれはそれを撃った。怒りに任せて、無抵抗の機体を撃った。あれはマシーンがやったこと？　マシーンに呑まれた心がやったこと？　心に命じられたマシーンがやったこと……？

ああ、もうわからない。もうなにも考えたくない。いまは少しでもいいから休みたい。

あのシャトルに取りつけば休める。ショックコーンの中に入って、灼熱する気流の渦から逃れることができる。あそこにたどり着きさえすれば——。

（……ナージ。バナージ・リンクス、聞こえるか）

聞いた声がノイズの底から立ち上がり、ヘルメット内蔵の無線を騒がせた。シャトルのキャプテンの声ではない。接触回線の声ですらない、どこか遠くから呼びかける声。うっすら顔を上げ、バナージは左右に目を泳がせた。

（《クリムト》にはアルベルト・ビストが乗っている。いいか、絶対に彼を信用するな。無事に大気圏を突破できたら、すぐに船を離れろ。彼の指示に従ってはいけない）

苦しげな声が続く。発信元は《ネェル・アーガマ》だが、この声は別の場所で聞いた覚えがある。艦に特攻を仕掛けようとしたモビルスーツのパイロット——父のことを知っているような口ぶりで、一方的に語りかけてきたあの男の声だった。ぼんやり思いつきながらも、それより強烈な印象を放つ言葉が頭の中をはね回り、バナージは胸に突き立ったその言葉を恐る恐る反芻《はんすう》してみた。

アルベルト・ビスト……ビスト？

（アルベルトは財団の指示で動いている。君の父上、カーディアス・ビストを殺したのもアルベルトだ。彼らは『ラプラスの箱』が外部の手に渡るのを恐れている。そのために君を……）

ブツッと断ち切れる音を残して、無線はそこで途切れた。ブラックアウト領域に入ったにしては、切れ方が唐突すぎる。わずかに点《とも》った正気の灯に促され、通信パネルに手をやろうとしたバナージは、(仕方がなかったんだよ)と発した別の声に動きを止めた。

(『箱』がなければ財団は生きていけない。それを、あの人は外に持ち出そうとした)

澱《よど》んだ沼から滲み出してくるような声音が、パイロットスーツの下の肌を粟立《あわだ》たせる。シャトルからの接触回線であることを確かめたバナージは、少しうわずって聞こえるアルベルトの声に耳をそばだてた。

(『箱』をネオ・ジオンに渡し、新たな騒乱の種をまくことで、アナハイムと財団の繁栄を維持する……。理屈はわからんじゃない。あの人らしい考え方だ。でも、そんなことをしないでも財団はやっていける。長い時間をかけて、わたしたちは戦争さえコントロールできる方法を身に付けた。連邦軍も、ネオ・ジオンも、経済の歯車のひとつであることを心得ている)

あの人、という言い方に、余人には測り知れない底暗い響きがあった。同じコクピットで聞いたカーディアスの声——戦争商人そのものの論理を口にし、誰かと言い争っていた無線ごしの声が思い出され、バナージは呑《の》み込んだ息が鉛になるのを感じた。

その誰か。カーディアスを殺し、『箱』の流出を阻止しようとした男。最初に顔を合わせた時から、折につけ自分に敵意をぶつけてきたアルベルト……アルベルト・ビスト。

(財団には『箱』がある。その事実さえ動かなければ、『箱』なんぞなくてもかまわんのだ。鍵《かぎ》も必要ない。《ユニコーン》さえ壊してしまえば、すべて元通りになる。わかるか？　多くの人間にとって、君こそが災厄の種になってるんだってことが)

どろりと粘りつく声が鼓膜を苛み、得体の知れない憎悪が胸に食い込む。そう、わかっていたはずだった、とバナージはいまさらの理解を噛《か》み締めた。初めて会った時、どこか見覚えのある顔だとは思っていた。当然だ。アルベルトと会う少し前、自分は彼の幼い頃の写真を見ていたのだから。

ビスト家の屋敷の奥、グランドピアノの上に飾られた一枚の写真。まだ若いカーディアスと、母親らしい女性に挟まれ、小太りの少年が仏頂面を見る者に向けていた——。

(恨むのなら父親を恨め。ぼくたちの父を)

その声が胸を射貫《いぬ》き、次いで物理的な衝撃がコクピットを襲った。接続部の爆発ボルトが作動し、シャトルの牽引《けんいん》ワイヤーが根元から切り離されたのだった。

風よけになっていたシャトルがたちまち遠ざかり、プラズマ化した希薄空気が機体を包み込んでゆく。五体を吹き散らすような気流が押し寄せ、灼熱《しやくねつ》色に染まった機体が大気圏の只中《ただなか》に放り出されると、《ユニコーンガンダム》は糸の切れた凧《たこ》のごとく熱嵐の中を舞った。

視界がめまぐるしく回転し、ごうごうと爆《は》ぜるプラズマ気流がコクピットを震動させる。

機内温度が上昇し、アラーム表示が陽炎《かげろう》ごしに滲《にじ》む。もう誰も助けてくれないし、助けられる価値もない。なにもかもが間違いだ、とバナージは声にならない声で叫んだ。ここにいることも、これに乗っていることも、生まれてきたことさえも——。叫びは熱に焼かれて蒸散し、炎の色がすべてを包み込む。燃え盛る煉獄《れんごく》の炎に包まれ、《ユニコーンガンダム》は真実の奈落《ならく》へと堕ちていった。

※

全長百十二メートルの船体に押しひしがれ、圧縮された空気がプラズマ光を放つ。断熱材を張り込んだ船底を叩《たた》くそれは、激しい振動を伴って《ガランシェール》を取り巻き、ブリッジのメイン・スクリーンを赤く染めた。現在高度は九十キロ、じきに熱圏を通過して中間圏のブラックアウト領域に入る。ブリッジ中がぎしぎしと軋《きし》む音を立てる中、（頼んだぞ、キャプテン）と発したフロンタルの声は、半ばノイズに埋もれてジンネマンの耳に届いた。

（なんとしても《ユニコーン》を回収しろ。我々は自力で戦線を離脱して……）

ひどくなったノイズが先の言葉をかき消し、「まったく、好きに言ってくれるぜ……！」と毒づいたフラストの声があとに続いた。もとより地球往還船として建造された《ガランシェール》だが、大気圏突入の際はギルボアが舵《かじ》を取るのが常だった。アビオニクスが大半の操作をしてくれるとはいえ、初めて突入ミッションをこなすフラストにかかる負担は少なくない。ましていまは、落下中の物体を拾い上げるという曲芸まがいを実践してみせねばならない時だ。

ギルボアの不在を嘆きはしても、その死を悼んでいられる状況でないことはブリッジの全員が承知している。ジンネマンは、赤熱色に染まったスクリーン上に《ユニコーンガンダム》の姿を追った。四肢を投げ出し、背中から大気圏を滑り落ちてゆく人型は、ショックコーンに包まれてほとんど形を判別することができなかった。

同じく極軌道を降下する《クリムト》は、所期の突入軌道に戻って着々と中間圏を滑り下りつつある。一度は《ユニコーンガンダム》との接触に成功しながら、牽引ワイヤーごと切り離すという暴挙に出た財団の船。事故であれ、故意であれ、あと数分で《ユニコーンガンダム》が燃え尽きてしまう事実は変わりようがない。いまや完全に瓦解《がかい》し、無数の瓦礫《がれき》になって降り注ぐ〈ラプラス〉の残骸《ざんがい》を横目にしながら、「もっと速度は上がらんのか！」とジンネマンは焦《じ》れた声を出した。操舵《そうだ》輪から手を離さず、「やってます！」とフラストが怒声を投げ返してくる。

「無理な軌道変更で、機関にガタがきてるんです。これ以上出すと、こっちも重力の井戸に引きずり込まれちまう」

「かまわん！　あとのことは考えるな。《ガンダム》の回収が最優先だ」

　ここですべてを御破算にして、ギルボアを犬死にさせるわけにはいかない。「ミイラ取りがミイラですぜ！」と無駄口を叩きつつも、フラストは舵を倒し、船体の突入角度を深くしたようだった。船外温度が上昇し、《ガランシェール》の速度がじりじりと増す。まだ遅い。《ユニコーンガンダム》の現在高度は七十五キロ、機外温度はおそらく千五百度に達している。残り十キロの相対距離を詰めるうちに、黒焦げになった機体が四散しないとも限らない。ジンネマンは無線マイクを取り上げ、「《ガンダム》！　バナージ・リンクス、聞こえるか！」と無駄を承知で呼びかけた。

「こちら《ガランシェール》だ。これより回収作業を実施する。可能な限り姿勢を制御して、相対速度を合わせろ。そのままでは接触前に燃え尽きてしまうぞ！」

　互いにブラックアウト領域にいる状況で、通信が届く道理はない。「だめか……」と口中に呟《つぶや》き、ジンネマンはノイズを垂れ流すばかりの無線から意識を離した。ギルボアを失い、マリーダの救出をあきらめた挙句、『箱』の鍵が砕け散るさまを目の前にしなければならないとは。呪っても呪いきれない我が身の無能を顧み、スクリーンからも目を背けた刹那《せつな》、「あれ……！」と叫んだフラストの声が鼓膜に突き立った。

　呆然《ぼうぜん》とスクリーンを見つめるフラストの視線の先で、《ユニコーンガンダム》が手足を動かし、機体の姿勢を変えようとしていた。落下方向に向き直り、気流に対して水平に体をのばすと、前面に突き出したシールドで熱波を遮るようにする。円錐状《えんすい》のショックコーンが爆発的に膨らみ、息を吹き返したと思える機体が徐々に落下速度を減殺させ始めた。プラズマ化した空気がシールドの手前で拡散し、赤熱色に染まっていた機体が元の白さを取り戻してゆく。「Iフィールドか？」と口にしたフラストをよそに、ジンネマンはこちらに近づいてくる機影を凝視し続けた。偶然ではない。奴はシールドを舵にして気流をかき分け、《ガランシェール》とのランデブー軌道に乗ろうとしている。「光ってる……」と航法士席に着くクルーが呟き、「あれは摩擦の光じゃないぞ。なんだ？」とフラストが言うのも聞いたジンネマンは、光学補整をかけて《ユニコーンガンダム》の拡大映像を精査した。機体の内側から滲み出しているように見える赤い光は、確かに空力加熱によるものではない。

例のサイコフレームが発光しているのか？　ふと冷たい感触が胸に差し込み、ジンネマンは再び無線のマイクを手にした。「おい、バナージ！　聞こえているなら返事しろ」と吹き込み、ノイズしか聞こえない無線に耳を傾ける。やはり応答はない。その間にも姿勢制御をくり返し、《ユニコーンガンダム》は着実に《ガランシェール》に近づいてくる。機体の内奥で発光するサイコフレームが、奇妙に目に残る光をプラズマの熱嵐の中に浮き立たせた。

こちらの意図を汲《く》んだかのように相対速度を合わせ、船体のうしろにするすると回り込んでゆく。《ガランシェール》が発生させるショックコーンの中に進入し、船首方向ににじり寄った《ユニコーンガンダム》は、ブリッジの直上に定位したところで相対速度を殺しきった。人面を想起させる頭部がブリッジの窓を覗《のぞ》き込み、その妖《あや》しく輝く双眸《そうぼう》が船外カメラの映像に捕捉《ほそく》される。

冷たい目だった。船体に取り憑《つ》き、中に在る者を値踏みするかのごとく見下ろす一対の目——。

「こいつ……。自分で動いているのか？」

二つの目がぐにゃりと歪《ゆが》み、嗤《わら》ったように見えたのは、熱波が醸し出す陽炎のせいではなかった。思わず生唾《なまつば》を飲み下したジンネマンは、直後、ブリッジ全体を揺さぶる衝撃に蹴《け》り上げられ、船長席から放り出された。

《ユニコーンガンダム》の両腕が《ガランシェール》の上甲板に触れ、その質量を受け止めた船体がぐらりと傾いたのだった。アラームが鳴り響き、船首を押し下げられた《ガランシェール》の落下速度が一気に上がる。天井に背中を打ちつけたあと、声を出す間もなく床に叩きつけられたジンネマンは、頭上の双眼がにたりと細められるのを視界の端に捉《とら》えた。激しさを増すプラズマ光を背に、白い悪魔の面影を持つマシーンが確かに嗤い、渦巻く熱波の向こうで幻のごとく揺れた。

※

チン、と透明な音が夜空に弾《はじ》けたように思い、ミネバは顔を上げた。

流れ星がひとつ、短い軌跡を描いて星空を横切ってゆく。降るような、という表現そのままの星空からこぼれ落ちた、それは奇妙に胸を騒がせる光だった。とくんと跳ねた心臓に手をやり、瞬く星々に目を凝らす。予感めいたざわめきはすぐに形を失い、寄る辺のない心細さだけが胸中に残された。

風が吹き、中庭の木々がざわざわと葉を揺らす。遠いヘリのローター音が風に乗って聞こえたが、間断ない虫たちの声を脅かすほどのものではなかった。屋敷を取り囲む警護の気配は夜陰に溶け込み、マーセナス邸は表向き平穏な顔を星空に向けている。ディナーパーティーはまだ続いているのだろうか？　食堂室とは別世界の静けさに包まれたコテージに立ち、風に騒ぐ中庭の芝生を見下ろしたミネバは、少し寒さを覚えて剝《む》き出しの肩をさすった。

素肌に触れた手が、小一時間前に触れた他人の体温を思い出させ、ちくりとした痛みを胸に伝えた。なんの前触れもなく、この体を抱きすくめてきたリディ・マーセナスの体温。あのあとは互いに視線を合わせる間もなく、逃げるようにコテージを立ち去っていった。

なぜ泣いていたのだろう。いまどうしているのだろう。まとまりのない思考を揺らめかせ、私こそなにをしているのだ？　という自問に突き当たったミネバは、明快な自答を得られずに唇を噛《か》んだ。

意外なことだった。《ガランシェール》に密航した時や、〈インダストリアル7〉に乗り込んだ時。リディとともに《ネェル・アーガマ》を離れ、地球に向かうと決めた時には明白だった事々が、いまはぼやけてしまっている。なにをどうしたいのか、そのためになにをすればいいのか。従前立てた道筋が靄《もや》に閉ざされ、次の一歩の踏み出し方が咄嗟《とっさ》には思いつかない。複雑になりすぎているのだ、とミネバは当惑する胸の中に呟いた。短い時間にあまりにも多くの人と関わったせいか、自分という人間が複雑化し、以前のように簡単に物事を割り切れなくなっている。判断力と決断力を鈍らせ、志向性をも失わせる複雑さ――それは脆《もろ》さと同義の心のありようだ。自分の立場で許されることではない。

コテージの手すりに手をかけ、再び星空に目を向ける。あの星の輝きをもっと身近に感じていた時は、こんなふうに迷いはしなかったと思う。内から滲み出す熱に衝《つ》き動かされ、恐れや迷いを感じる前に行動することができた。たぎるような熱、〈インダストリアル7〉で出会った手のひらからも流れ込み、共振しあえた熱。それがいまは感じられない。たったいま受け止めた抱擁の残響が体を痺《しび》れさせ、あの手のひらの感触も曖昧《あいまい》にしてしまっている。やらなければならないことか、やりたいことか――そう問いかける声にはっきり答えて、自分は地球に下りてきたはずなのに。

バナージ。私、どうしたらいい……？　自分のものとは思えない言葉が胸中に固まり、ミネバは独りコテージに立ち竦《すく》んだ。冷たい風が体温を奪ってゆくのを感じながら、ひどく遠い星々を大気の向こうに見つめる。またひとつ、流れ星が硬質な光の筋を引いて夜空を滑り、ミネバの瞳《ひとみ》に一瞬の光芒《こうぼう》を刻んだ。

《六巻につづく》

解説　ガンダムという呪い

切通理作（批評家）

私はいま『機動戦士ガンダムUC』を読んだ！　知った！

全10巻を読み終えたばかりの熱度の中で、いまちょうど折り返し地点の5巻までを終えた読者にこうして呼びかけている。

別世界にどっぷり浸《つ》かり、現実のこの世界に還《かえ》ってきた時、そのギャップに心地良いカタルシスを覚える——私にとって福井晴敏の『ガンダムUC』シリーズは、そういう小説ではなかった。

駅のプラットホームで電車を待ちながら読んでいたこの小説から目を離し、朝日に照らされながら行き交う老若男女の姿を見るともなく見る時、私は作品で描き出された世界の中と地続きな現実を生きている自分を感じていた。

スペースコロニーも、モビルスーツも存在しないこの現実が、どうしてそう感じられるのだろうか。

それは私がこの小説を読んで、大人になった自分を問い直されたような気がしたことと無関係ではない。

私は中学生の時に初めて、当時オンタイムで放映されていた『機動戦士ガンダム』のファーストTVシリーズを見たのだが、それ以来、ずっとガンダムのことを考えてきたような気にさせられてしまうのがこの小説である。

あたかもガンダムという「呪い」を背負って生きてきたかのような——読者それぞれのガンダム体験の中で、とぎれとぎれに感じてきたものがここで集約されて問われているように感じた向きも少なくないのではあるまいか。

などと自明のガンダムファンのようなことを言っている自分だが、「お前はガンダムを『好き』だったのか」と問われれば、複雑な気持ちになる。ガンダムが好きかどうかというのは、〈戦争〉を好きかどうかと等しいくらい単純ではない——などと言ってしまえば、あたかも現実とフィクションを混同しているかのようで、年長者から「なるほど、実際の戦争を知らず、戦後にぬくぬくと育ったアニメ好きのバーチャル世代の始まりがお前らなんだな」とでも溜息《ためいき》を吐かれそうだ。

しかしガンダムが、子どもの頃に遊んだ〈戦争ごっこ〉と実際の〈戦争〉の中間にある——フィクションであることは知っているけれども、そこに無邪気に没入するだけのものでもない——世界であることは、見て育った者にとって隠しようもないリアルである。

電波兵器を無効化するミノフスキー粒子の設定により、戦争にモビルスーツでの接近戦の必然性をもたらし、近代戦の〈顔の見えない戦争〉を脱却したガンダム世界は、実際に戦っている感覚を現実のボタン戦争以上に感じさせようとしたものであるはずだ。

しかもここで描かれる戦争は、従来のロボットアニメのような勧善懲悪でないばかりか、第二次世界大戦のような既に行われてしまった〈史実〉という免罪符の付いている戦争でもなかった。過去の反省材料ではなく、作品の中で、いま現在に起こっている〈人を殺し、自分や仲間が殺されるかもしれない〉痛みを伴った体験だった。

その世界を引き継ぎ、ファースト・ガンダムで描かれた一年戦争の17年後であり、映画『逆襲のシャア』で描かれた「シャアの反乱」の3年後を舞台とする小説『UC』は、ロボットやキャラクター同士のぶつかり合いを「お話だから」と済ますものではあり得ない。むしろかつてのガンダムを見てきた者が各々の人生の時間で増幅させてきたリアリティにさえ適《かな》うものでなくてはならない——そんなとてつもない仕事に作家・福井晴敏は取り組んだ。

主人公バナージと関わる登場人物が普段は隠し持つ来歴を徹底的に細かく描き、戦争によって狂わされた一人一人の運命を所謂《いわゆる》「トラウマ」体験としてバナージに追体験させる執拗《しつよう》さには、彼らを可能な限り「本当にいる人」のように読者に感じさせようとする作者の気迫ごと圧倒されずにはいられない。その点『亡国のイージス』『終戦のローレライ』のような作者のこれまでの代表作と比べても寸毫《すんごう》も変わるところがない。

とりわけ「大人はおまえが思ってるより気が短いんだ」とバナージを時に殴りながらも、満天の星の下で温めたスープを「ほれ」と差し出す、ジオン公国軍の残党ジンネマンの持つ武骨な優しさは味わい深い。一瞬の触れ合いを示す彼が一方で戦場での殺戮《さつりく》も辞さないのは、作品の持つダイナミックな振れ幅が重ね合わされ魅力的である。

実りある旅に疲労がつきもののように、これは良い意味で「読者を疲れさせる小説」だ。喉越《のどご》しにやさしい流動食ではなく、嚙《か》み砕《くだ》くまでに手間がかかり、時に苦くざらっとした味わいをもたらす。これまで人生の中で味わった彷徨《ほうこう》や徒労を思い出し、無常観さえ味わう読者もいるに違いない。

そして子どもから大人になる時、たしかに感じていたあの瞬間に立ち戻らされ続ける。自分と自分が生きている世界との「亀裂」を考えもしないで済んでいたのが〈子ども〉の時代だとするなら、それを当然のこととして受け止め、状況の中での己の役割という「責任」論に埋没して生きているのが、この小説の中での〈大人〉たちである。

後者は年長の読者にとって、いまの自分でもあるに違いない。たとえ戦争状況になくても、実社会の中で、出来ることと出来ないことを思い知らされているうちに、それこそが現実なのだと思い込み、帰属する集団やシステムの持つ矛盾にも大なり小なり加担してしまっている――そんなことは、大人になっていく中で、誰にでも身覚えがあることだろう。「自分のことは自分で決められる」と思っていたのに、いつしか若い世代から「何も作りだせなかった大人たち」呼ばわりされていることに気づく。

「律儀であればあるほど、己の職責に没入し、全体を見渡す視点を失ってゆく。そしてどうにも立ち行かなくなった時には、誰かに責任を押しかぶせて沈黙を通す。そんな資格はなかった、権限はなかったという言い方で責任の所在を曖昧《あいまい》にし、目先の保身に終始する。それで世界という全体が滅んだら、その時にはきっとこう言うのだ。自分には、世界を救うだけの資格と権限がなかった、と」（第3巻『赤い彗星《すいせい》』より）

こう大人たちを批判した主人公のバナージ・リンクスは、しかし頭でっかちの反戦少年ではない。物語の初めで、彼は何も起こらない日常へと埋没する自分に「ズレ」を感じていた。平和に倦《う》んでさえいた。一転して戦争に巻き込まれてから、彼が抵抗を感じていたのは、人があっけなく殺されていくことに対してだった。父を失った悲しみも、最後に水を飲ませてやれなかった悔いとなって表出される。

バナージにとっては平和も戦争も、人が生き、死んでいくことの実感が伴わなければ信じるに足るものではない。彼のそうしたあり方は思想以前のレベルである。それを幼稚と言うことは出来る。

だが福井はバナージを所謂〈若者〉のステレオタイプとして書いているのではなく、作品世界の中で物事に対して一番柔らかい感情を持つ人間として描いているのだ。もう大人になった読者である私は、そんなバナージに接していくことで、次第に、社会の中にあって自分で「こうだ」と決めつけてしまった己の立ち位置が揺さぶられるのを感じる。

作者はバナージの居場所を巻によって変え、敵味方が錯綜《さくそう》する状況の中で行動を決めさせることによって、読者にも複眼的な視点をもたらしていく。

バナージは「でも」「それでも」という問いを発し続ける。大人社会に「でも」は禁句である。だがバナージは世界と自分との「ズレ」に悩まされながらも、自閉することなく、自分を取り巻く世界と、その世界に飲み込まれようとする自分自身の両方に向かって「でも」と言い続ける。

バナージの現実を呑《の》み込めずに足掻《あが》く姿こそに〈現実に向き合おうとする力〉を感じる連邦軍のダグザ中佐が「感じ、傷つき、恐れさせる心。脆《もろ》くて、効率が悪くて、時にはない方がいいと思える生身の心」と呼んだもの。それは若者の一過性の感情とみなされながらも、各々の状況で生きる人々の心を揺さぶっていくことになる。

だがバナージも無力を自覚する。人の革新をもたらす「ニュータイプ」とみなされながらも、自分の出来ることとの限界を思い知らされ続けるのだ。目の前のたった一人の人間の行動を変えることも出来ず、また一瞬にして人間の死がもたらされる〈戦争〉に疑問を持ちながらも、自らもそうやって人を殺《あや》めてしまった事実に慄く。

本シリーズの鍵《かぎ》を握る「ラプラスの箱」を所有するビスト財団の血を受け継ぎ、父から自分しか動かせないガンダムUCを託されたバナージは貴種流離譚《たん》的な〈選ばれた存在〉

の要素が強い。まして〈ジオンのお姫様〉たる弱冠16歳のミネバ＝オードリーとの恋物語まで演じるとあっては、かつてのアムロやカミーユといったガンダムパイロットに比べても物語の特権的な主人公に位置づけられているように思える。

しかしそんな彼の道のりは、同じく「ニュータイプ」と呼ばれたかつてのガンダムのパイロットたちが通ったものと無縁ではなかった。彼らは人類の覚醒《かくせい》に目覚めながら、その体験は局所的な状況として埋没し、正統な記録にすら残らなかったのである。つまりニュータイプすら、客観的には「状況の一部」であり「何も作りだせなかった大人たち」の中に埋没している。

これは本やDVDといった作品鑑賞でどんな実りのある体験がもたらされたとしても、各々の個人的な体験として埋没するしかないということにも似ている。

それでいい。所詮《しょせん》フィクションとはそんなものだ——とは、たぶん福井晴敏は考えていない。小説とは言葉で構成されるものだが、福井晴敏は作家として言葉を用いながら、「言葉ではない」ものへと向かおうとする。作品をただのデータに終わらせないためにはどうしたらいいのか、考える限りの実践を試みる。

バナージとオードリーとのスキンシップを通して、彼のニュータイプとしての覚醒を単なる観念的なものではなく、生身の他者との接触へと意識を持たせていることもその一つである。ニュータイプの目的は神になることではなく、断ち切られたぬくもりに焦がれ、そこにもう一度戻っていきたいと思う希求として描かれる。そもそも、本シリーズにおいてバナージが行動を起こす契機そのものが、オードリーとの接触における、繋《つな》ぎ合った手と手の感触、そして甘い香りであった。またオードリーと対になるヒロインとして描かれるマリーダには、暴力を通してしか何かを得られない、物語の〈男性〉的側面を捉《とら》え返す視座を持たせている。

そして本作では〈大人〉と〈若者〉の対比と並行して、〈地球〉と〈スペースコロニー〉の対比が描かれる。それは地に足が着いた考えと、そうでない考えとの対比である。本書に続く第六巻では、地球を知らない若者バナージに、過酷な自然環境である砂漠の大地を自分の足で歩く体験を与える。そこで読み手は気づく。スペースコロニーという形で再構成された環境そのものが、読者にとっていま実際に我々が足を着けているこの地球を再認識させる役割を果たしているのだということを。

宇宙に出るという夢は、読者である我々にとってこれから自分たちの子孫が果たすことであるとするなら、スペースコロニー以降の未来は、地に足の着かないことの罪が先行して描かれているともいえる。

地上にあって太陽や星を見上げるように古《いにしえ》から神に祈っていた人類が、宇宙へ出て自らが〈神〉を内に宿す。だからこれからは自分のことは自分で決められる——第1巻の冒頭で演説とともに爆発四散してしまった「宇宙世紀」のはじまりの精神。それが本書第5巻のクライマックスではふたたび読者に提示されている。

物語の開幕とともに死んでしまった、世界統一政権である連邦政府初代首相リカルド・マーセナスの演説は、初めはただの美辞麗句が並べられた「言葉」に過ぎないようにも感じられる。だがやがて、現実に囚《とら》われながらも天上に夢を託したかつての大人たちの「夢」がそこに体現されているように聞こえ始める。それはカーディアス・ビストが息子バナージに受け継がせようとしたものでもある。本シリーズではそんな「夢＝可能性への投げかけ」を受け継がされてしまったために、かけられた「呪い」の中で喘《あえ》ぐ人々の「いま」が描かれている。

「ガンダムという呪い」とはなんだったのか――次巻以降、それは真実の姿を読者にさらす。

本シリーズは、ガンダムを見て育ったあらゆる世代の中間総括であり、また、未来に向かうこれからの人類のありようの予言書でもあるに違いない。

本書は、二〇〇八年七月に小社より刊行された単行本を文庫化したものです。

ラプラスの亡霊《ぼうれい》

機動戦士《きどうせんし》ガンダムUC《ユニコーン》⑤

福井晴敏《ふくいはるとし》

平成22年 7月25日　初版発行
令和7年 6月25日　4版発行

発行者●山下直久

発行●株式会社KADOKAWA
〒102-8177　東京都千代田区富士見2-13-3
電話　0570-002-301(ナビダイヤル)

角川文庫 16365

印刷所●株式会社KADOKAWA
製本所●株式会社KADOKAWA

表紙画●和田三造

◎本書の無断複製（コピー、スキャン、デジタル化等）並びに無断複製物の譲渡および配信は、著作権法上での例外を除き禁じられています。また、本書を代行業者等の第三者に依頼して複製する行為は、たとえ個人や家庭内での利用であっても一切認められておりません。
◎定価はカバーに表示してあります。

●お問い合わせ
https://www.kadokawa.co.jp/（「お問い合わせ」へお進みください）
※内容によっては、お答えできない場合があります。
※サポートは日本国内のみとさせていただきます。
※Japanese text only

©Harutoshi Fukui 2008　Printed in Japan
©創通・サンライズ

ISBN978-4-04-394365-4　C0193

角川文庫発刊に際して

角川源義

第二次世界大戦の敗北は、軍事力の敗北であった以上に、私たちの若い文化力の敗退であった。私たちの文化が戦争に対して如何に無力であり、単なるあだ花に過ぎなかったかを、私たちは身を以て体験し痛感した。西洋近代文化の摂取にとって、明治以後八十年の歳月は決して短かすぎたとは言えない。にもかかわらず、近代文化の伝統を確立し、自由な批判と柔軟な良識に富む文化層として自らを形成することに私たちは失敗して来た。そしてこれは、各層への文化の普及滲透を任務とする出版人の責任でもあった。

一九四五年以来、私たちは再び振出しに戻り、第一歩から踏み出すことを余儀なくされた。これは大きな不幸ではあるが、反面、これまでの混沌・未熟・歪曲の中にあった我が国の文化に秩序と確たる基礎を齎らすためには絶好の機会でもある。角川書店は、このような祖国の文化的危機にあたり、微力をも顧みず再建の礎石たるべき抱負と決意とをもって出発したが、ここに創立以来の念願を果すべく角川文庫を発刊する。これまで刊行されたあらゆる全集叢書文庫類の長所と短所とを検討し、古今東西の不朽の典籍を、良心的編集のもとに、廉価に、そして書架にふさわしい美本として、多くのひとびとに提供しようとする。しかし私たちは徒らに百科全書的な知識のジレッタントを作ることを目的とせず、あくまで祖国の文化に秩序と再建への道を示し、この文庫を角川書店の栄ある事業として、今後永久に継続発展せしめ、学芸と教養との殿堂として大成せんことを期したい。多くの読書子の愛情ある忠言と支持とによって、この希望と抱負とを完遂せしめられんことを願う。

一九四九年五月三日